세우지 않은 비명

# 세우지 않은 비명

**초판 1쇄 인쇄** _ 2016년 3월 25일
**초판 1쇄 발행** _ 2016년 3월 30일

**지은이** _ 이병주

**엮은이** _ 김윤식·김종회

**펴낸곳** _ 바이북스
**펴낸이** _ 윤옥초
**책임편집** _ 김태윤
**책임디자인** _ 이민영
**디자인팀** _ 이정은

ISBN _ 979-11-5877-006-8  03810

등록 _ 2005. 7. 12 | 제 313-2005-000148호

서울시 영등포구 선유로49길 23 아이에스비즈타워2차 1005호
**편집** 02)333-0812 | **마케팅** 02)333-9918 | **팩스** 02)333-9960
**이메일** postmaster@bybooks.co.kr
**홈페이지** www.bybooks.co.kr

책값은 뒤표지에 있습니다.

책으로 아름다운 세상을 만듭니다. ─ 바이북스

이병주 소설

# 세우지 않은 비명

김윤식·김종회 엮음

바이북스
ByBooks

## 일러두기

1. 연재 당시의 내용을 그대로 살리되 편집상의 오류를 바로잡고 기본 맞춤법은 오늘에 맞게 수정했다.

2. 인명·지명·서명·식물명 등은 원문의 것을 그대로 살리되, 독자의 이해를 위해 현대식으로 표기하거나 현대식 표기를 병기한 경우도 있다.

# 세우지 않은 비명碑銘

## - 역성歷城의 풍風, 화산華山의 월月

# 세우지 않은 비명
– 역성의 풍, 화산의 월

그럴 만한 사연은 물론 있었다.

성유정成裕正은 다음의 시구를 좋아했다.

人生只合死楊洲

인생은 모름지기 양주에서 죽어야 하는 것이거늘!

이것은 당대의 시인 장호張祜의 〈종유회남從遊淮南〉이란 시편에 있는 일절이라고 했다. 성유정 자신으로부터 들은 이야기다.

설경이 다한 저편, 연자색의 하늘을 배경으로 아슴푸레 불암산佛岩山의 봉우리가 바라뵈는 양주 일패면—貝面의 어느 산허리에 자리 잡은 성유정의 무덤가에 서 있으니 술에 취했을 때면 간혹 나직이 읊어보곤 하던 '인생지합사양주人生只合死楊洲'란 그의 음성이 나의 귓전에 살아난다.

장호의 시에 새겨진 양주揚州와 성유정이 묻혀 있는 이 양주와는 다르다. 장고의 양주는 중국의 중부, 양자강의 북안北岸에 자리 잡은 고을이고, 이곳 양주는 한국의 수도 서울의 근교에 있는 고을이다. 무슨 까닭으로 이곳을 양주라고 이름했는진 알 까닭이 없다. 모화사상慕華思想은 중국의 지명을 수월찮게 이 나라에 옮겨 놓았다. 진주, 악양웨양, 사천쓰촨, 청주, 충주, 호남후난, 호서 등이 모두 그런 류의 이름이다. 언젠가 나는 산수山水의 모습이 그곳의 양주와 이곳의 양주와 닮은 데가 있느냐고 물었더니

"전연 닮은 데라곤 없다."

는 성유정의 답이었다.

성유정은 1년 남짓 중국의 양주에서 머문 적이 있었다. 일제 때 학도병으로 끌려간 성유정이 속한 부대의 주둔지가 양주였던 것이다.

성유정에 의하면 중국의 양주는 장강長江. 창장 강을 끼고 있으면서도 그 장강의 이利를 볼 수 있을 정도로 가깝고 손해를 보지 않을 정도로 사이를 두고 있다고 했다. 대호大湖의 언저리에 있는데도 호반의 간사함이 없고 호수를 감상할 수 있는 상거에 있다고 했다. 산불고山不高, 수불심水不深한 산수는 정답고, 인심 또한 산수처럼 정다운데 비옥한 들에 봄이 오면 유채꽃이 울금빛의 방석으로 화하고, 가을이면 시들어 가는 양류 사이로 백로가 수천 마리씩 떼를 지어 기막힌 경관을 이룬다고도 했다.

그처럼 평화로운 산수와 경관 속에서 살인자의 의사를 노출한 일본병日本兵의 생리를 규칙적으로 살고 있자니까 더욱 힘들더라는 얘기도 있었는데 어느 기회, 바로 그 양주가 명말청초明末淸初의 교대기에 명청 간의 혈전이 있었던 곳이라고 듣고 더욱 애착을 더했다고 했다. '인생지합사양주'란 시구는 그가 어느 휴일 양주 교외를 산책하고 있다가 길가의 비각碑閣에서 주운 것이었다.

"오죽했으면 양주에서 죽고 싶다고 했을까."

하곤 성유정은

"나도 혹시 이 양주에서 죽고 싶어질지도 모른다."

는 생각을 했다는 것이다.

그만큼 그의 양주에 대한 애착은 강했다. 그러한 애착이 그로 하여금 주자소朱子素의 《가정도성기략嘉定屠城機略》, 왕수초王秀楚의 《양주십일기楊洲十日記》 등을 읽게 했다. 그것이 또한 그의 한학漢學에의 경사傾斜에 자극을 가속했는지도 모른다. 그의 말 가운데 이런 것이 있다.

마르셀 프루스트처럼 인생을 치밀하게 슬퍼하는 것도 좋지만 한시漢詩처럼 풍월적風月的으로 인생을 슬퍼하는 것도 나쁘질 않다. 요컨대 인생은 슬퍼하면 되는 것이니까. 문학은 인생의 슬픔을 기록하면 되는 것이니까. 문학이란 원래 필패의 역사일 따름이다……

아무튼 그는 중국의 양주에선 죽지 않았다. 살아 돌아와 34년 후 이곳 양주에 묻힌 운명이 되었다. 그의 나이는 59세. 난세를 산 사람으로선 결코 짧은 수명이랄 순 없다. 그래도 슬픈 것은 죽음이다. 특히 성유정의 경우가 슬픈 것은 그의 어머니의 죽음이 있은 지 일주일 후에 죽었다는 사실에서 비롯한다. 그 어머니의 무덤은 그의 무덤 바로 위에 있다. 마른 잔디가 아직 흙과 어울리지 않은 어설픈 모습으로 아들의 무덤을 지켜보고 있는 것이다. 그 두 개의 무덤을 보고 있으니 당연히 염두에 떠오르는 것이 있다. 어느 시인의 단장短章이다.

많은 철학이 죽음을 설명하려고 했다. 그러나 무덤의 의미를 탐구한 철학을 아직 나는 알지 못한다. 존재에 관해서 사색하는 정신이 흙이나 물에 관해서 사색한 예는 드물다. 인간의 사색은 무덤에서 멀어진다. 그러나 아득한 옛날부터 오늘에 이르기까지 인간들을 지배하고 있는 매장의 원리라는 게 있다. 문명 전체를 통해서 매장의 완성이 있다. 그리고 완벽한 사물이란 것은 정신에게 정당한 위치를 요구한다. 그런데 왜 사람들은 무덤을 침묵 속에 방치해두고만 있을까. 대담한 죽음의 철학도 접근하지 않으려고 하는 이 침묵……

잠꼬대나 다름없는 말이다. 한데 무덤 앞에 서 있으면 이런 사상 같지도 않은 잠꼬대 같은 상념이 떠오르기 마련이다. 그러나 성유정의 죽음과 그의 무덤에 관해선 성유정 자신으로 하여금 말하게 할 수밖에 없다. 그는 꽤 부피가 있는 수기를 남기고 있다. 다음은 그의 수기다. 그러니 다음의 글 가운데 나오는 '나'는 성유정 자신을 말하는 것이다.

죽음이란 문제 —.

슬프지 않은 죽음이란 있을까. 있다. 신문지상에 보도되는 면식이 전연 없는 사람들의 죽음. 예컨대 캄보디아의 폴 포트가 학살한 4백만 명의 죽음 같은 것이다. 나는 잡지의 사진과 텔레비전에 비친 화면을 보기까지엔 폴 포트를 저주하는 마음을 가졌을 뿐이고 슬픔을 느끼진 않았다. 뿐만 아니라 그런 사실을 안주로 실컷 술을 마셨다.

죽음이 슬픈 것은 친하게 지내던 사람, 사랑한 사람, 가까이에 있는 사람의 경우이다. 그러나 사람이 남의 죽음을 슬퍼할 수 있는 마음의 여유를 가질 수 있는 것일까. 언젠가는 자기의 죽음을 감당해야 할 사람이 말이다. 무릇 죽음을 앞두고 슬퍼한다는 것은 언젠가 있을 스스로의 죽음을 슬퍼하는 노릇일밖엔 없을지 모른다.

아무튼 세상은, 또는 세월은 죽음을 슬퍼할 수 있도록 사람을 방치하지 않는다. 지구는 수십만 년 동안 누적된 인류의 시체로 해서 더욱 무거운 것이다. 언제부터인가 죽음은 신비의 베일을 벗고 일상사가 되었다. 드디어 우리는 죽음과 동거하고 있다. 살아간다는 것은 죽어간다는 의미의 표면일 뿐이다.

그래도 죽음이 슬픈 것은 어떻게 할 수가 없다. 폴 포트가 죽인, 아민이 죽인, 스탈린이 죽인, 히틀러가 죽인 그 무수한 피살자들의 죽음에 눈썹 하나 까딱하지 않던 나 자신인데도 우리 집의 새끼 개가 죽었을 때는 가슴이 메었다. 그래 그 시체를 좋은 곳에 묻어주기 위해 한나절을 울먹거리며 우왕좌왕했다. 양지쪽에 묻으려고 했더니 거기엔 하수도가 있었다. 서쪽 담벼락에 붙여 묻으려고 했더니 쓰레기통이 있었다. 집 뒤에 묻으려고 했더니 거긴 너무나 음습했다……. 이렇게 하다가 끝내 목련의 뿌리 근처에 묻고 말았던 것인데, 목련꽃이 필 때마다 그 꽃잎에 붉은빛이 돋아날까 봐 겁을 먹었다. 지금은 잊었지만.

표현 여하에 따라선 죽음 이상의 장려壯麗가 없을 것 같기도 하다. 생명의 시작은 비록 그것이 인간의 시작이라도 곤충의 시작 이상일 것이 없다 그러나 생명의 마지막은 그가 가꾸기 시작한 꿈의 가능이 붕괴하는 뜻만으로도 장엄한 것이 아닌가. 인간은 곤충으로서 태어나 제왕으로서 죽는다. 인생이란 제국의 건설이다. 죽음은 그 제국과 함께하는 함몰이다. 제국의 낙일落日! 장려하지 않은가.


시인은 쥐의 죽음에조차도 다음과 같은 송가를 읊을 줄 알았다.

나는 냉장고 뒤에 죽어 있는 쥐를 간혹 본다. 장도 미반壯圖未半
에 넘어진 그들의 얼굴은 참으로 원통한 표정이다. 이빨은 새
하얀 보석처럼 빛나고 배는 공단처럼 부드러웠다. 뜨락에 내
던져진 신세가 되었어도 그들은 확실히 제국의 전사들처럼
보인다.

차마 사람의 죽음을 읊을 수 없었던 시인의 심약함이 쥐 새끼
의 죽음을 서러워할 수밖에 없었다고 하면 지나친 확대 해석이
될지 모르나 나는 그 시인의 감수성에 깊이 공감했다.
하지만 죽음이란 섣불리 왈가왈부할 문제가 아니다. 머리가
좋기로 그리스에서 이름이 높았던 에피쿠로스는 말했다.

살아 있는 동안 죽음을 알 수 없다. 죽으면 죽음을 더욱 모른
다. 이래도 저래도 알 수 없는 문제를 놓고 고민할 필요가 뭐
있느냐.

동양의 공자孔子는 한술을 더 떴다.

나는 아직 생生을 모른다. 그런 처지에 어찌 사死를 논論하랴!

이런 점으로 봐서 석가는 덜 영리했던 것인지 모른다. 그는 종
평생 죽음을 최대의 문제로 삼았다.

그러나 저러나 나는 죽음에 관한 내 나름대로의 견식을 가지고 있다. 이 세상에서 없어지는 것이 죽음인데, 상황과 조건과 무대와 조명에 따라 슬프게도 되고 희극적으로도 되는 것이며, 쓰레기처럼 처리되기도 하고, 어둠 속에서 감쪽같이 풍화되기도 하고, 어복魚腹에 매장되기도 하는 것이다……. 그런데 이러한 넋두리를 왜 하필이면 그날따라 하게 되었는지가 이상한 일이다. 결정적인 파국이 닥쳐온다는 데 대한 일종의 텔레파시의 작용이었다고도 생각이 된다. 동물은 본능적으로 그의 사기死期를 감지한다고 하는데 만물의 영장인 인간에게 그런 텔레파시가 없을 수 없는 것이다. 다만 번거로운 세사世事에 말려 둔화되었을 따름이다. 하여간 나는 그날 뭔가 예조豫兆를 느꼈다.

　그날은 10월 10일이었다. 그렇게 기억하고 있는 까닭은 쌍십절雙十節이었기 때문이다. 한동안을 중국에서 지낸 적이 있는 나는 그날을 쉽게 잊지 못한다. 중국에서의 쌍십절 광경을 회상하며 오후의 한나절 나는 유리창 너머로 가을 뜰을 바라보고 있는 동안 막연히 죽음에 관한 생각을 하고 있었던 터였다. 목련이 유독 눈에 띄었다. 목련은 벌써 잎을 죄다 떨어버리고 앙상한 가지만 남겨놓고 있었다. 나지막한 사철나무 사이에 끼어 우뚝 키가 큰 목련의 나형裸形이 성급하게 옷을 벗어던져 버린 선머슴 애의 멋쩍은 몰골 같기도 해서 유머러스했다.

　'1979년도 얼마 남지 않았군.'

하며 죽음에 관한 생각을 떨어버리려고 했다. 동시에

'1979년의 의미란 제목으로 칼럼을 쓸까.'

하는 직업의식이 돋아났다. 나는 K신문에 1주일에 한 편 꼴로 〈시사칼럼〉을 쓰고 있는 터였다. 연말에나 가서 쓸 작정이었지만 미리 구상해두는 것도 나쁠 것이 없었다.

얼마간을 생각하다가 보니

'1979년은 참으로 이상한 해라고 아니할 수 없다.'

는 서두가 뇌리에 떠올랐다. 아닌 게 아니라 1979년엔 이상한 일이 다음다음으로 발생했다. 이상하다는 것은 하나의 색조로서 기록할 수 있게 사건들을 묶을 수 있다는 뜻이다.

첫째, 1979년이 시작되자마자 1월 초 캄보디아의 폴 포트 정권이 붕괴되었다. 론 놀을 몰아내고 그 기세가 등등했던 크메르 루주가 베트남의 지원을 받은 구국민족통일전선이란 세력에 의해 프놈펜으로부터 쫓겨나버린 것이다. 프놈펜은 한자로 금변 金邊이라고 쓴다. 금변이란 한자어가 잘 어울릴 만큼 스콜이 멎은 직후의 프놈펜은 비에 젖은 가로수와 더불어 황금색으로 빛난다. 나는 그 프놈펜이 론 놀의 지배하에 들어갔을 때에도 분개했거니와 폴 포트가 장악한 후 거리에서 시민을 쫓아내고 학살을 시작했다고 들었을 땐 정말 분통이 터졌다. 불과 사흘 동안이었지만 나는 프놈펜에 머문 적이 있었다. 그 추억이 나로 하여금 분통을 터뜨리게 한 것이다. 그러니 폴 포트가 그곳에서 축출되어 행방불명이 되었다고 들었을 때 그를 쫓아낸 측이 누구였건 간에 나는 쾌재를 불렀었다.

"폴 포트를 추방한 자들을 위해서!"

하고 하룻밤 근사하게 술을 마신 기억이 있다.

폴 포트가 학살한 4백만은 캄보디아 인구의 거의 반수에 가까운 숫자다. 그런 잔학한 놈이 어찌 오래갈 수 있겠는가. 외신은 그의 잔당이 아직도 변두리에서 준동하고 있다지만 폴 포트의 정치적 생명은 이미 끝장이 났다⋯⋯.

같은 1월, 이란의 팔레비 왕이 국외로 쫓겨났다. 그도 역시 자기의 정권을 유지하기 위해선 수단 방법을 가리지 않고 백성을 살육한 자다. 즉위 몇 십 주년인가의 기념 행사를 거국적, 대대적으로 거행해선 국왕으로서의 위세를 전 세계에 과시한 것이 어제 일 같은데 이란 국민의 민주화 운동에 밀려났다. 그는 지금 불안한 망명 생활을 파나마에서 보내고 있다지만 그의 운명은 시간문제인 것 같다.

4월엔 아프리카 우간다의 대통령 아민이 우간다의 해방전선에 의해 타도되었다. 아민과 나와는 다소의 연분이 있다. 내가 말하는 연분이란 별 게 아니다. 그를 미끼로 몇 편인가의 칼럼을 썼다는 사실을 말한다. 이스라엘 특공대가 엔테베의 인질들을 탈환했을 때는 다음과 같이 썼다.

⋯⋯ 여기에 등장한 또 하나의 문제는 우간다의 대통령 '이디 아민'이라는 존재다. 그는 1971년 오보테를 축출하고 정권을 잡은 뒤 30만 명에 달하는 우간다 인을 살해했다고 하는데, 그 살

해하는 방법이 잔인하기 짝이 없었다. 형무소의 죄수들에겐 그들 동수자同囚者들을 죽여 그 고기를 먹게 하고, 때론 죽인 사람으로써 악어의 배를 채우기도 했다. 사법, 행정, 군대를 자기 한 사람의 지배하에 두고 자기의 말을 입법 행위로서 간주하고 있는, 터무니없는 이 인물은 돈에 궁한 나머지 아랍의 지원을 얻을 양으로 반이스라엘 노선을 굳히는 동시, 소련에 추파를 보내기도 했다. 아프리카의 지도자들은 아프리카 흑인의 망신을 도맡아 하고 있는 아민을 두고 골치를 앓고 있다. 오죽하면 그들이 이런 말을 했을까.

"이스라엘 특공대가 하이재킹을 한 놈들과 같이 아민을 쏘아 죽이지 않은 것이 유감스럽다. 만일 그렇게만 되었더라면 아프리카를 위해 그처럼 큰 다행은 없었을 것인데……."

전 미 국무장관 키신저와 옥신각신 입씨름이 있었을 때 쓴 것도 있다. 스크랩을 꺼내 그것을 읽어본다.

평균적으로 사람들의 체격은 조금씩 커지는 경향이라고 하는데, 인격은 자꾸만 왜소해지는 것 같다. 기계 문명이란 게 발달하고 보니 큼직큼직한 인격을 사회가 필요로 안 하는 탓도 있지만 모난 돌이 정을 맞는다는 지혜가 고루 보급되어 각기 몸을 사리는 까닭도 있다.

이런 풍조는 일반인에게보다 지도자라고 하는 층의 인사에게

두드러진 현상이다. 그들은 멋진 연설보다는 실수 없는 연설을 하려고 하고, 모험을 필요로 하는 성공보다는 대과大過없이 지나기에 급급하다.

말하자면,

"내가 국가다."

"내가 곧 법률이다."

하는 따위의 루이 14세적인 뱃심 좋은 말을 듣기란 어렵게 되었다. 실지에 있어서 독재 정치를 하고 있으면서도 요즘의 독재자들은 예외 없이 독재자란 소릴 듣기 싫어한다. 뿐만 아니라 어색한 변명까지 곁들여 자기를 민주적 정치가인 양 가장하려고 하는 것이 세계적인 상례常例처럼 되어 있다.

그런 가운데의 특례가 우간다의 대통령 이디 아민이다. 그는 누구의 의견도, 눈치에도 개의치 않고 자기가 하고 싶은 말은 척척 하고, 자기가 하고 싶은 짓은 서슴없이 해치운다. 쿠데타에 성공한 후 정치 활동에 금지령을 내리면서 한 그의 연설은 20세기도 4분의 3을 지난 시점에선 세계 어느 곳에서도 누구에게서도 들어볼 수 없는 기골 있는 내용의 것이었다.

"우간다에선 정치는 나만 하면 된다."

말만을 그렇게 한 것이 아니다. 이런 단호한 선포가 있은 연후 정치 활동을 하는 자가 있으면 사정없이 잡아 죽였다. 재판이란 절차도 필요로 하지 않았다.

"꼭 죽이기로 되어 있는 자를 재판해서 뭣하느냐. 괜히 인력과 시간을 낭비하면서까지 위선할 필요가 없다."

그는 대담하게 이렇게 갈파하고 대량의 재판관을 해임하고 인건비를 줄이는 방편으로 삼았다. 그는 자기의 가슴에 훈장을 다는 이외의 형식적, 장식적인 행사는 일절 하지 않겠다는 각오를 명시한 것이다. 혹자는 이러한 아민 대통령의 태도를 무식의 소치라고 생각할지 모르나 어림도 없는 소리다. 현재 세계에서 자기의 정치 철학을 철저하게 실천에 옮기고 있는 것은 오직 이디 아민 한 사람뿐이다.

그는 정치란 지배 관계, 지배 현상이란 것을 알고 있다. 지배란 곧 강제력의 행사이다. 이왕 강제력을 행사할 바에야 철저한 편이 낫다. 어중간하게 하는 데서 잡음이 난다. 이것이 그의 정치 철학이다.

그는 또한 외교란 결국 거래라는 것을 알고 있다. 거래의 표본은 상거래에 있다. 장사에 있어서 문제가 되는 것은 이익이지 허례가 아니다. 소련에 붙는 것이 유리하면 소련에 붙고, 그러다가 수틀리면 돌아서면 그만이다. 조약이란 것은 이편에 필요할 때만 지키면 된다. 조약의 조문에 사로잡힌다는 건 바보가 하는 짓이다. 이것이 그의 외교 철학이다.

이렇게 아민 대통령은 모든 사례를 단순 명쾌하게 해석하고 처리한다. 그러니 아민의 안목으로 볼 때 헨리 키신저의 행동은 어린애 장난처럼 되는 것이다. 그런 까닭으로 이달 20일<sup>1977년 1월 20일</sup>로써 국무장관직을 사임하게 되는 키신저에게 기막힌 제안을 했다.

"키신저 군, 미국의 국무장관을 그만두고 나거든 우간다로 유학하러 오게. 내가 직접 정치술과 외교술을 가르쳐줄 테니까. 내호의에 감사할 줄 알아야 하네."

키신저가 이 제안에 어떤 반응을 보였는진 알 수가 없지만 이디 아민의 면목 약여한 바가 있다.

세계 대부분의 정치가들이 실수를 겁내서 마음에 있는 말을 못 하고, 한마디의 발언을 위해 몇 사람의 보좌관을 시켜 갈고닦고 하는 판인데 이디 아민은 이처럼 거침이 없다. 이러한 아민이 부러워 환장할 지경인 정치가들도 적지 않을 것이다.

그런데 정치 공부를 하기 위해 우간다로 오라고 한 아민의 말을 농담으로만 들어선 안 될 것 같다. 정치가 궤변적인 허식을 벗고 그 생리를 적나라하게 노출하고 있는 현장이 아프리카, 특히 우간다라고 할 수 있을 때 우간다의 현장을 배움으로 해서 사법, 행정, 입법 등의 절차가 다른 나라에서 꾸며 놓은 사술詐術을 간파할 수 있을 것이다. 아울러 아민적 지배하에 사는 사람들의 의식 구조를 살핌으로써 사람이 억압을 견디어내는 내구도耐久度 같은 것도 알 수 있게 되리라고 믿는다.

줄잡아서 아민의 의미는 그의 정직성에 있다. 그의 생경生硬하게 노출된 정직이 20세기 정치의 병리를 역조명逆照明하는 보람으로 해서 아민의 존재 이유를 무시할 수 없는 것으로 만들고 있다……

그러나 아민이 그의 존재 이유를 증명하기 위해서라고 해도 8년의 권좌는 너무나 길었다.

4월에 우간다를 휩쓴 독재자 추출의 선풍이 7월엔 중미 니카라과의 소모사 대통령을 휩쓸었다. 소모사는 아버지의 대를 이어 43년 동안이나 니카라과에 군림한 자다. 모두들 니카라과를 소모사의 사유 재산이라고 생각하고 있었던 것인데 그런 것이 아니었다는 사실이 밝혀진 셈이다. 산디노 영도하의 민족해방전선은 소모사를 타도했다.

9월엔 중앙 아프리카의 보카사 황제가 축출되었다. 아동의 해에 아동을 대량 학살했을 뿐만 아니라 보카사에 관한 스캔들은 그밖에도 많다.

그리고 지금 시월 중미 엘살바도르의 독재자 로메로의 위기가 전해지고 있다. 그의 실각은 확실한 모양이다.

이렇게 되니 10월 10일 현재, 1979년 한 해에 여섯 명의 독재자가 권좌에서 밀려난 것으로 된다……

나는 꽤 흥미로운 칼럼이 되겠다는, 약간 들뜬 기분이 되었다. 그러고 보니 칼럼의 서두를 센세이셔널하게 꾸며야겠다는 생각이 일었다.

'1979년은 독재자들에게 철퇴가 내린 해이다…… 안 돼.'

'1979년은 역사에서 교훈을 배울 줄 모르는 무도한 독재자들에게 역사의 엄숙함을 가르치려고 섭리가 작동한 해인 것 같다…… 이것도 안 돼.'

'1979년은 곧 다가올 1980년대를 보다 평화롭고 청량한 시대로 만들기 위해 신의가 대청소를 감행한 해인지 모른다…….'

나는 이렇게 서두부터 옥타브를 올려선 안 된다는 생각으로 마음을 가다듬었다. 담담하게, 아무렇지 않게 써야 하는 것이다. 그러려면?

'1979년에도 많은 사건이 있었다. 한때 크메르 루주의 지도자였고 캄보디아의 구국의 영웅으로서 자처했던 폴 포트 씨가 …….'

'1979년은 우연이라고만 해석하고 안심할 수 없는 그런 사건이 연속된 해이다…….'

이것도 저것도 불만이었다. 나는 아나톨 프랑스를 상기했다. 아나톨 프랑스 같으면 이러한 재료를 어떻게 요리할까 해서다.

설마 아나톨 프랑스라도,

'내가 가장 좋아하는 캄보디아의 폴 포트 군이 뜻하지 않은 불행을 당했다고 하니…….'

이런 식으로 쓰진 않겠지, 않겠지만.

아나톨 프랑스의 솜씨 같으면 동양산 고춧가루에 플랑드르의 마늘 가루를 섞은 양념을 곁들여 꽤 맛 좋은 푸딩을 만들 수가 있을 것이다.

나는 쫓겨난 독재자들에게 최상의 경칭을 붙이고 작문해야겠다는 아이디어까지 냈다. 팔레비 국왕 폐하, 아민 대통령 각하, 보카사 황제 폐하 등으로.

그런데 프랑스어로썬 경칭을 붙여 멸칭蔑稱으로 할 수가 있는데 우리말로썬 서툰 장난처럼 되기가 일쑤다.

이런 생각 저런 생각으로 1979년의 의미를 모색하고 있었는데 어머니가 문간을 들어서고 있었다. 얼핏 보기엔 건장한 걸음걸이였다…….

아아, 그런데 나는 왜 이 따위로 쓰고 있는 것일까! 나는 냉정하려는 것이다. 차분하려는 것이다. 최종식崔鍾軾 교수를 배워 보려는 것이다. 그는 간암에 걸려 마지막 숨을 거둔 순간까지 그의 저서 《농업정책론》의 미필된 부분을 보완하고 있었다니 말이다.


"어머님, 별고 없으시죠?"

"별고는 없는데."

하고, 어머니는 눈을 가느다랗게 하며 웃곤

"가끔 배가 아프다."

며 자기의 배 쪽을 가리켰다.

"과식을 하신 건 아닙니까?"

"별로 그런 일도 없는데."

"그럼 소화제를 자셔보면?"

"소화제는 먹고 있다."

"배가 아픈 것쯤은 조금 조심하면 될 겁니다. 저도 간혹 배가 아파요."

하고 가끔 무딘 통증을 일으키는 부위를 가리켰다.

"애야, 조심해라. 의사한테 가보지 그래."

어머니의 얼굴은 단번에 수색愁色으로 변했다.

"제 걱정할 건 없어요. 어머니나 가보시지 그래요."

"나도 걱정 없다. 이렇게 펄펄 걸어다닐 수가 있는데, 뭐."

하시고선

"조금 누워야겠다."

며 아랫목에 자리를 깔게 했다.

자리 위에 누워 지그시 눈을 감는 것을 보고, 나는 서재로 돌아왔다. 팔순 노인이 버스를 타고 걷고 했으니 고단하실 것이란 단순한 짐작밖엔 안 했다.

서재에 와서 책상 앞에 앉자 문득 불길한 예감이 들었다.

'혹시 중병이나 아니실는지.'

이어 어머니의 죽음이란 관념이 뇌리를 스쳤으나 얼른 지워버렸다. 어머니의 죽음이란 상상도 못할 일이었다. 그런 일이 있어도 먼 훗날에나 있을 것이었다.

재작년 여름, 혼났던 일이 생각났다.

그때 나는 미국을 돌아 일본 도쿄에 도착해 있었는데 밤중에 서울로부터 전화가 왔다. 어머니가 위독하니 급히 돌아오라는 전화였다. 그때의 놀라움은 기억하기조차 힘들다. 풀었던 짐을 다시 챙겨놓고 한숨도 자지 않고 뜬눈으로 새우곤 아침이 되길 기다려 항공사에 가서 생떼를 썼다. 다행히 첫 비행기를 탈 수가 있었다. 김포에 내리자마자 병원으로 달렸다. 어머닌 그때 이문동의 조그마한 개인 병원에 누워 계셨다.

어머니는 링거 주사를 맞고 있었으나, 얼굴빛은 좋았다. 의사의 말에 의하면 위험한 고비는 넘겼다고 했다. 병명은 담석증 같다고 했는데 다행히 수술하지 않고도 치유될 수 있다는 얘기였다. 내가 옆에 있는 탓은 아니겠지만 어머니의 회복은 눈에 보이게 빨랐다. 3일 후엔 퇴원할 수가 있었다.

"미안하구나. 볼일도 못 보게 먼 데 있는 널 불러서."

퇴원할 때 어머니가 하신 말씀이다.

그 일이 있곤 어머니를 내가 직접 모시고 있으려고 했으나 어머니는 여전히 손주와 같이 있기를 고집했다. 내가 살고 있는 집은 보일러 장치가 되어 있어 겨울은 따뜻하고, 에어컨도 있어 여름은 시원한데 어머니의 손주, 즉 내 아들이 사는 집은 좁고 연탄 아궁이여서 하나부터 열까지 불편한데도 어머니는 그 집을 떠나려고 하시질 않았다. 가끔 나한테 와 있다간 사흘을 넘기지 못하고

"우리 집으로 가야지."

하시며 떠나곤 했다.

손주에 대한 애착이 그만큼 극진했다고 하면 그만이지만 어머니의 심중에 있는 것은 그런 것만은 아닐 것이었다.

그러나 나는 그런 상황에 편승해서 어머니가 계시는 곳으로 빈번히 찾아가지도 못했다. 사실 바쁘기도 했지만 바쁘다는 이유로써 변명이 가능할 까닭은 없다.

내가 찾아가지 않으니 어머니가 오실 수밖에 없다.

그럴 때마다

"네가 보고 싶어서 왔다."

고 하시곤 뭔가 몇 마디 보태려고 하다간

"널 보지 않을 땐 할 말이 많을 것 같더니 네가 옆에 있으니 할 말이 하나도 없다."

며 입을 다무셨다.

그런데도 나는 어머니 옆에 오래 앉아 있기가 거북했다. 만일 어머니가 말씀을 시작하신다면 감당 못 할 일이 한두 가지가 아닌 것이었다. 그만큼 나는 불효를 거듭하고 있었다. 번연히 할 말이 없다고 하셨는데도 무슨 말씀이 나올까 겁이 나서 안절부절못하는 기분으로 나는 어머니 곁을 떠나 서재로 돌아가곤 했다.

어머니에게 대한 불효 가운데 최대의 불효는 직접 모시고 있지 않는다는 바로 그 사실이다. 매일 모시고만 있으면 어머니 옆에 있는 것이 거북한 기분으로 될 하등의 이유가 없다. 모시고 있지 않다는 그 불효가 누적되어 있고 보니 그 죄의식으로 해서 어머니 옆에 있는 심정이 평온할 수가 없는 것이다.

서재에서 나와 어머니가 계시는 방으로 들어갔다.

어머니는 누운 채 눈을 뜨고 있었다.

"고단하십니까?"

"조금."

"지금도 배가 아프세요?"

"아프진 않은데 어쩐지 거북하다."

"병원엘 가십시다."

"병원엔 가봤다."

"어느 병원에요."

"그 병원에 갔지."

그 병원이란 이문동에 있는 어머니의 단골 병원이다.

"그 병원은 시설이 모자라 완전한 진찰을 못할 텐데."

"신설동의 병원에도 갔다."

며 어머니는 서울대학교병원의 의사가 경영하고 있는 의학 박사의 이름을 가리켰다. 명성이 있는 의사로서 나도 그 이름은 알고 있었다. 그러고 보니 어머니의 병은 어제 오늘 시작한 것이 아니었다. 가슴이 철렁했다.

"병원엔 누구와 같이 갔습니까?"

"강실이허구도 가구……."

강실이란 상계동에서 살고 있는 출가한 누이동생을 말한다.

"왜 제겐 말씀이 없으셨습니까."

"별것도 아닌 일을 갖고 바쁜 너까지 부담을 줄 게 뭐 있더냐."

하고 어머니는 한숨을 쉬었다. 그 모습은 정녕 병자의 모습이었다.

나는 2, 3일 더 지켜보다가 종합 병원으로 모시고 갈 작정을 세웠다.

"어머니, 지금부턴 여기에 계십시다."

했더니 어머니는 가만히 머리를 끄덕였다. 그리고 다시 눈을 감으며

"약을 먹고 며칠 이렇게 누워 있으면 나을 거다."

하고 손가방에 약이 들어 있으니 꺼내라고 했다. 물을 가지고 오라고 일러 어머니는 약을 잡수시고 다시 자리에 누웠다. 병원 이름이 새겨진 구겨진 약봉지가 처량했다. 나는 한참 그 약봉지를 만지작거리다가 일어섰다.

H대학교 부속 병원에 어머니를 입원시킬 사전 준비를 끝내놓고 그렇게 알렸더니 어머니는 멍청한 눈으로 나를 보았다.

"병원엘 입원해야 하나?"

"병원에 가셔야 빨리 병을 고칠 게 아닙니까."

어머닌 자기가 챙기실 걸 대강 챙기시곤 옷을 고쳐 입으시며 방안을 한 번 둘러보셨다. 그러곤 뜰을 걸으시며 역시 주변을 둘러보셨다.

자동차에 오를 땐 대문 쪽을 되돌아보셨다. 그 시선의 방향이 내 이름이 새겨진 문패에 가 있다는 것을 짐작하고 나는 엉뚱한 쪽을 보았다.

운전사에게 강변도로로 해서 가자고 일렀다. 미팔군 앞 복잡한 거리를 벗어나서 강변도로에 들어섰을 때 어머니의 눈은 한강에 쏠려 있었다. 강 건너에 즐비한 아파트군도 시야에 있었으

리라. 그 아파트의 하나에 어머니의 손녀가 살고 있어서 가끔 어머니가 드나들기도 했었다.

추색秋色에 물든 한강이 소리 없이 흐르고 있는 경색을 보며 어머니는 무엇을 생각하고 계셨을까. 어머니도 말이 없었고 나도 말이 없었다. 누이 강실도 말이 없었다. 어떠한 발언권도 개재될 수 없는 운명의 길을 달리고 있다는 의식이 세 사람의 입을 다물게 했는지 모른다. 어머니의 나이는 80세, 내 나이는 59세, 누이 강실의 나이는 45세, 도합 184년의 인생이 그 목적지가 어딘지도 모르고 한강의 물줄기를 따라 허공을 달리고 있는 것이다. 나는 그 엉뚱한 산술에 쓴웃음을 지었다.

의사는 상냥했다.

혈압을 재고 청진기를 대보곤 활달하게 말했다.

"걱정하실 것 없습니다. 정성껏 해드릴 테니까요."

그런데 나를 돌아본 그의 눈엔 엄숙함이 있었다. 까닭도 모르고 나는 전율했다. 동시에 불쾌하기 짝이 없는 통증을 옆구리에 느꼈다. 등에 식은땀이 배었다. 그런 상태로 나는 억지로 웃음을 짓고 어머니를 진찰실에서 모셔 나와 휠체어에 태웠다. 20층 위에 있는 입원실까지 엘리베이터를 서서 타실 순 없을 것으로 알았기 때문이다.

그날부터 어머니의 정밀 진찰이 시작되었다. 들먹이기조차 번거로운 갖가지의 시험, 그리고 뢴트겐 촬영. 그 도중에 난관에 부딪혔다. 어머니의 위장 사진이 나오지 않는다는 것이었다. 구

30

체적으로 말하면 위벽에 내출혈한 피가 엉겨 붙어 투시가 불가능하다는 것이었다. 위세척을 하고 관장도 했다. 그 결과 엄청나게 토하고 엄청나게 사했다. 추석 때 먹은 음식이 그냥 그대로 나오기도 했다.

"이런 상황으로 용케도 견디셨다."

는 것이 의사의 말이었다.

그렇게 쌓였던 것이 다 배출되고 나니 한결 기분이 가벼워진 모양으로 어머니는 웃기도 하고 얘기도 했다.

"많이 먹지만 않으면 나을 것 같다."

며 미음 이상은 드시려고도 하지 않았다. 좋아하시는 전복죽도 두 숟갈 이상은 뜨지 않으시려고 하며 20층 높은 곳에서 바라뵈는 가을의 경치를 눈을 가느다랗게 뜨고 즐기기도 하셨다.

그런데 그 무렵엔 내 자신의 고통이 심해졌다. 그러나 아프다는 표정을 할 수가 없었다. 고통이 견디기 어려울 땐 바쁘다는 핑계를 대고 집에 와서 누웠다. 하기야 누워 있을 시간이란 것도 별로 없었다. 원고 마감에 쫓겨 한가하게 누워 있을 수가 없었던 것이다.

10월 26일에야 어머니의 병명이 밝혀졌다. 위암이란 선고였다. 복도에서 그 선고를 듣고 나는 변소로 가서 변소의 벽에 이마를 대고 한참 동안을 울었다. 가까스로 진정을 하고 나서 의사를 찾아갔다.

"어떻게 무슨 방법이 없겠습니까?"

의사로선 이런 경우란 흔하게 있는 일이어선지 직업적인 신중성을 표정에 나타내고 한참을 있더니

"젊으시면 수술이라도 해보겠지만."

하고 말꼬리를 흐렸다.

"수술하면 안 될까요?"

"노쇠가 심해서."

노쇠가 심하다는 말에 발끈하는 감정이 났다. 검사니 시험이니 촬영이니 하는 번거로운 절차 때문에 어머니의 체력이 더욱 소모된 것이 아닌가 해서다. 그러나 그 감정을 억누르고 다시 한번 물었다.

"정 희망이 없을까요."

"……."

"뭣이건 수를 써볼 수도 없을까요?"

"우리 병원으로선……."

"다른 병원으로 가면 혹시 무슨 수가 있을까요?"

"글쎄요."

의사의 표정이 약간 짜증스럽게 흐렸다. 나는 자리에서 일어설 수밖에 없었다. 의사의 방에서 나온 후 병실로 전화를 걸었다. 조카가 전화를 받았다.

"나 잠깐 바깥에 나갔다가 올게. 너 할머니 잘 모시고 있거라이."

터질 것 같은 오열을 겨우 참고 이렇게 말하곤 돌아올 말을 기

다리지도 않고 송수화기를 걸어버렸다.

나는 그길로 나와 변두리 어느 술집으로 갔다.

'어머니는 빈사의 병상에 있고 아들놈은 술집에서 흥청댄다.'는 의식은 세상의 빛깔을 송두리째 바꿔놓았다. 언제 어머니의 영생을 믿기라도 했던가. 다만 한없이 한없이 어머니가 가련할 뿐이었다. 그날 밤 묘한 일이 생겼다. 이른바 10·26 사건이다.

그 이튿날 밤, 나는 병실에 있었다. 텔레비전은 어젯밤 있었던 사건을 설명했다. 죽은 사람에 대한 애도의 방송이 슬픈 가락을 곁들여 언제까지나 계속되었다.

텔레비전엔 등을 돌리고 면목동 쪽의 불빛을 보고 있는 나더러 어머니는

"텔레비를 끄지, 왜."

하고 한숨을 쉬었다.

시키는 대로 나는 텔레비전을 껐다.

"세상이 시끄러워지겠재?"

어머니의 말씀이었다.

"약간은 시끄러워지겠죠."

나는 벙벙하게 대답했다.

"네겐 아무 일도 없겠재?"

"제게 무슨 일이 있겠습니까."

하면서 나는 어머니의 마음을 알 것 같았다. 나는 무슨 큰 사건

이 있을 때마다 변을 당했었다. 일제 말기엔 학병으로 끌려갔고, 6·25 때는 자칫 죽을 뻔했고, 5·16 때는 징역살이를 했다. 이를 테면 역사의 고빗길마다에서 나는 고난을 겪었다.

어머니는 그러한 아들이기 때문에 무슨 변란만 있으면 가슴을 조였다.

"조심해라, 얘야."

"예."

"어쩌자고 저런 일이 난단 말인가. 참으로 알 수가 없구나."

"알 수가 없는 건 저도 마찬가집니다. 어머닌 그런 걱정 마시고 가만 누워 계십시오."

"내가 걱정한다고 쓸데나 있겠나만 어쨌건 세상이 편해야 할 텐데……."

하고 어머니는 저편으로 돌아누웠다.

침묵이 방안에 깔렸다. 나는 어머니가 세상을 이해하고 있는 범위와 내용이 어떤 것일까, 하는 생각을 해봤다. 이 아들이 속에 지니고 있는 추잡하리만큼 복잡한 세계 인식을 짐작이나 하신다면 얼마나 놀라실까.

어머니의 세계 인식은 연꽃에 맺힌 이슬이 달빛을 반영하고 있는 것처럼 청묘淸妙하다는 것을 나는 알고 있다. 어머니의 견식으로선 모든 사람들이 서로 잘 지내야 하는 것이다. 부처님 앞에 경건하게 치성을 드리며 싸움하지 않고, 없는 사람에게 있는 사람이 선심을 써가며 살아야 하는 것이다. 왜 사람들이 서로 싸워야 하는가를 이해하지 못한다. 착하고 착하다고만 생각한 자기의 아들이 어째서 징역살이를 해야 했는가를 이해하지 못한다. 잘살진 못해도 어머니가 낳은 삼남 일녀가 요절하지 않고, 또 손주들이 별 탈 없이 지내고 있는 것은 어머니의 착하신 마음의 그늘 때문인지도 모른다.

세상에 어느 아들이 자기 어머니를 존경하지 않을까만 우리 어머니처럼 선량한 어머니를 나는 알지 못한다. 우선 나는 어머니가 남과 다투는 경우를 보지 못했다. 어릴 때 많은 하인이 있었고 하녀가 있었을 때를 회상하면 어머니의 심지가 어떠했는 것을 알고 있다. 지금은 뿔뿔이 시집을 가서 살면서도 어머니를 친정어머니처럼 지금도 따르고 있는 것을 보면 어머니가 그들에게 어떻게 마음을 썼다는 것을 알 수가 있다.

"심심하지 않느냐."

고 어머니는 다시 이편으로 돌아누우며 말했다.

"심심하지 않습니다."

"텔레비라도 보렴."

"좋습니다."

한참을 있더니 어머니는

"네 외삼촌 무덤에 가본 적이 있느냐."

고 물었다.

어머니보다 열 살이나 아래인 외삼촌이 죽은 지 5년이나 지났다. 나는 장사 지내는 그날 가보곤 가본 적이 없었다.

"없습니다."

그러자 어머니는 뚜벅 말했다.

"의사가 자기 병도 모르고 죽다니. 박사라고 해도 소용이 없는 거지?"

외삼촌은 의사였다. 어머니는 자기의 병을 가늠하며 의사를 어느 정도로 믿으면 될까 하는 생각과 더불어 외삼촌을 상기한 것임에 틀림이 없었다.

"외삼촌의 경우는 할 수 없었지만 요즘의 의사, 더욱이 이 병원의 의사는 믿을 수가 있습니다. 모두 권위자들이니까요."

이 말엔 반응이 없더니 어머니는

"항상 이런 모양이라면 내일에라도 퇴원을 하는 게 어떻겠니. 병원에 있는 게 진력이 났다."

고 했다.

"며칠만 더 계시지요. 퇴원을 한다고 해도 기운을 좀 더 돋우어야 할 게 아닙니까."

"의사가 하는 일이란 주사 놔주는 일뿐인데 주사는 집에 가서도 놓을 수 안 있겠나."

"하여간 며칠만 기다려봅시다."

"네가 알아서 해라."

하고 어머니는 다시 저편으로 돌아누웠다.

나는 아까부터 솟구쳐 오르는 복부의 통증을 달랠 겸, 냉장고에 갖다 둔 술병을 꺼냈다. 큰 글라스 반쯤 술을 채워 냉수 마시

듯 꿀꺽꿀꺽 마셨다. 통증이 금시에 가셔진 느낌이었다.


　아침에 조카가 왔다.

　바쁜 원고가 있기도 해서 집으로 돌아가려다 외래 환자가 뜸한 시간이기도 하니 진찰을 받아볼까, 하는 생각을 했다.

　'한 시간, 한 시간쯤이면 되겠지.'

하는 기분으로서였다.

　의사는 혈압을 재고 대강 청진을 하곤 당장 뢴트겐 사진을 찍어야겠다고 했다. 그럴 시간이 없다고 하자 의사는 이상스러운 눈초리를 했다. 가련하고 불쌍한 사람을 대했을 때 사람은 흔히 그런 눈초리, 그런 눈빛을 하는 게 아닐까 하는 느낌이 와락 들었다.

　"꼭 찍어야 하나요? 뢴트겐을."

　계면쩍스럽게 내가 물었다.

　"어떻게 바쁘신진 몰라도 생명에 관한 일 이상으로 바쁘신 일이 있습니까?"

　그것은 바로 협박이었다.

　나는 그날의 예정을 전부 포기하고 모든 검사에 응하고 사진을 찍었다. 그리고 3일 후의 일이었다.

　"보호자를 만나고 싶은데요."

하는 의사의 말이 있었다.

　"나 자신 말고 또 달리 무슨 보호자가 있겠습니까. 어머님이라도 건강해 계시면 몰라도."

내 말이 이렇게 나오자 의사의 얼굴은 핼쑥하게 긴장했다. 중대한 국면에 봉착한 그런 표정이었다.

"무슨 말이라도 좋습니다. 솔직하게 말씀해 주십시오."

그래도 의사는 말이 없이 나를 바라보고만 있었다.

"대강 짐작이 갑니다. 내가 중병에 걸려 있는 모양이죠? 솔직하게 말씀해 주십시오."

"중병이라고 하기보다……."

하고 의사는 얼굴을 찌푸렸다.

"암입니까?"

낭떠러지를 뛰어내리는 마음으로 물었다.

의사의 답은 없었다.

옅은 커튼이 눈앞에 내린 것처럼 시야가 흐릿하게 되었다. 나는 혼신의 힘을 다해 자세를 바로 하고 무언가 한마디 하려고 했으나 목구멍이 말라붙은 듯 말이 되질 않았다.

"마음을 단단히 가지셔야 합니다."

의사의 말이 저 먼 세계에서 들려오는 것처럼 아득히 들렸다.

'정신을 차려야 한다.'

는 마음이 머릿속 한구석에서 가냘픈 소리를 질렀다.

'정신을 차려야지.'

이번엔 입속에서 중얼거렸다.

"입원하시렵니까?"

하는 의사의 말이 있었다. 그때 내가 겨우 대답한 말은

"어머니를 두고 어떻게 내가 입원을, 입원을 하겠소."

병명은 간암.

숨겨도 소용이 없다는 생각이 들었는지 의사는 과학자적인 냉정한 태도로 말했다.

"문제는 시간입니다."

캄캄한 창고의 한구석에 초롱불 같은 관념의 불이 켜졌다.

'위신'

나는 깜박거리는 그 위신의 호롱불을 지켜보는 눈으로 되면서 물었다.

"언제쯤으로 각오하면……."

의사는 심각한 포즈를 취했다. 그리고 눈앞에 있는 서류를 살금 밀어놓고 말했다.

"1년쯤으로 생각하시면 무방할 것 같습니다."

그 말엔 놀라지 않았다. 그런데 다음의 말이 엄청났다.

"어머니보다 훨씬 중증일는지 모릅니다."

"그럼 제가 어머니 앞에……."

"그럴는지도 모르죠."

나는 잠자코 일어섰다. 아랫도리가 후들후들 떨렸다. 간신히 발을 놀려 도어의 노브를 잡고 잠깐 숨을 돌렸다.

'아무렇지 않은 것처럼 복도를 걸어야 한다.'

는 의식으로 나는 긴장했다.

복도를 나왔다. 복도엔 대기하고 있는 환자들로 붐비고 있었다. 그냥 걸을 수가 없어 두리번거리고 있는데 마침 내 눈앞의 한 사람이 벤치에서 일어섰다. 그 자리에 비집고 앉았다.

담배를 피워 물었다.

담배의 맛이라곤 없었다. 그래도 버릇처럼 담배를 빨아선 연기를 뿜어내고 있었는데 그동안 맞은편 벤치에 앉아 있는 사람에게로 어느덧 관심이 쏠렸다. 끊임없이 오가는 사람들 때문에 계속해서 관찰할 순 없었으나 사람이 지나간 잠깐 동안의 틈을 엮어 꽤 세밀하게 그 사람을 관찰할 수 있었는데 나이는 나와 비슷한 또래가 아닐까 했다.

겁에 질려 있는 어린아이, 굶주려 있는 어린아이들에게서 흔히 보는, 표정을 잃은 표정과 통하는 뭔가가 그 사나이의 얼굴엔 있었다. 굳어 있는 신경이 그냥 피부가 된 듯, 주름마저도 오랜 세파가 새겨놓은 그런 자연스러운 것이 아니고, 병고와 그로 인한 충격이 한꺼번에 구겨놓은 것 같은 어설픈 주름들인데 빛깔은 황회색으로 시들었다. 특히 그 머리털! 기름기는커녕 물기마저 잃은 헝클어진 마사麻絲를 닮았다. 그리고 그 황탁한 눈빛, 구원을 바라는 기력도 이미 잃은 듯, 스스로의 부식에 익숙해버린 그 자체, 부식의 과정을 겪고 있는 눈인 것이다. 나는 그 사나이의 얼굴에 암 환자의 징후를 보았다기보다는 암 병균이 사람의 얼굴로 화한 표본 같은 것이라고 보았다.

'나도 불원 저런 몰골로 될 것이다.'

싫었지만 실감으로까진 되질 않았다.

약간의 평정과 다소의 기력이 나를 일어서게 했다. 나는 되도록 태연스럽도록 애를 쓰며 골마루 한구석에 붙여놓은 재떨이에 부벼 끈 담배꽁초를 버리고 천천히 걸었다.

사람이 병에 걸린다는 건 어떻게 된 이치일까. 분명 거겐 섭리의 작용이 있고 인과의 작용이 있을 것이었다. 그러나 그건 영원한 아포리아難問題인 것이다. 나는 그 난문제를 피하기라도 하려는 것처럼 병원 문을 나섰다.

그날따라 하늘이 왜 그렇게 푸르렀는지 모른다. 드높은 가을 하늘엔 구름 한 점 없었다. 미풍이 산들거렸다. 누가 무슨 소릴해도 살아볼 만한 세상이 아닌가, 이 세상을 버리고 떠날 때 세상은 얼마나 아름다운 것일까. 내가 없어도 이 하늘과 땅은 천 년 후에도 만 년 후에도 이처럼 의젓하게 남아 있을 것이 아닌가. 천 년 전 만 년 전에 이 하늘과 땅이 고스란히 그냥 있었듯이 말이다.

나는 광장을 걸어 높은 낭떠러지가 시작되는 철책 가까이로 갔다. 왼편은 의정부 쪽, 오른편은 천호동 쪽으로 광활하게 시야는 펼쳐 있고, 높고 낮은 산, 들, 한강을 끼고 멀게 가깝게 집들이 산재해 있는 풍경이 꿈결 속의 경색과 같았다.

'저 집에 사는 사람들도 백 년을 지내면 하나도 이 지상에 남아 있지 않으리라!'

시간 문제라고 한 아까의 의사의 말이 되살아났다.

'그렇다. 모든 것이 시간의 문제다. 다만 조만早晩이 있을 뿐이다. 그런데도 내가 이처럼 슬픈 것은 생명을 가진 자가 그 생명에 대해 응당 느껴야 하는 석별일 따름이다…….'

이런 생각을 했다고 해서 내 마음이 진정된 것은 아니다. 나를 지탱하고 있는 것은 사람이란 견디지 못할 것이 없다는, 즉 자기의 죽음마저도 견딜 수밖에 없는 생명의 또 하나의 힘이었을 뿐이다.

'나는 아무렇지 않게 행동해야 한다.'

이렇게 나 자신에게 명령하고 택시를 탔다. 일단 집으로 돌아가서 정리를 시작해야겠다고 마음을 먹은 것이다.

운전사에게 행선지만 알리고 노순은 그에게 맡겼다. 강변도로로 갈 수도 있고 시심市心으로 해서 갈 수도 있었는데, 나는 그 노순의 선택마저 하기 싫을 정도로 지겨웠던 것이다.

택시는 시심을 향하고 있었다. 그때사 나는 운전사의 의도를 알아차리고 얼른 말을 보탰다.

"천 원쯤 더 드릴 테니 합승은 말고 갑시다."

알았다는 시늉으로 운전사는 고개를 끄덕였다. 과묵해 뵈는 운전사라서 다행이라고 여겼다.

몸을 택시에 맡기고 눈을 감았다. 어디에서부터 생각을 시작하며, 무엇부터 정리를 시작해야 할까. 뜻밖에도 6·25 동란 중 피난처에서 집으로 돌아왔을 때 수습 못할 정도로 헝클어져 있는 서재를 들여다보고 있던 나 자신의 모습이 염두에 떠올랐다.

부숴진 책상, 탄흔이 남아 있는 벽, 천장의 판자가 디룽디룽해 있고 책들은 산란해 있었는데, 그 위에 토족土足의 흔적이 요란한 서재를 보고 나는 멍청히 서 있었다. 어디서부터 손을 대야 할지 엄두가 나지 않았던 것이다. 지금의 내 머릿속이 그때의 서재를 방불케 하고 있다는 사정을 돌연 깨달았다.

그러나 그때는 슬프지도 않았다. 당황하지도 않았다. 살아 있다는 사실만으로 충분히 고마웠던 것이었는데……

나는 아무 생각도 않기로 작정해보았다. 그런데 그것이 불가능했다. 맥락도 없는 상념이 폭풍에 날린 돌더미, 나무토막, 기왓장, 풀썩한 먼지처럼 뒤죽박죽으로 섞였다. 그러고 보니 나는 폭격으로 죽을 뻔한 일이 한두 번이 아니었다는 회상이 살아났다.

날짜도 잊지 않는다. 1950년 8월 31일, 정오 무렵. C시의 상공에 수십 대나 되는 B29가 나타났다. 친구인 정 군과 나는 한여름의 태양에 은색 날개를 번쩍거리며 폭음도 요란하게 날아오고 있는 그 비행기들을 넋을 잃고 쳐다보고 있었다. 너무나 높은 고도여서 그저 지나가버리는 것으로만 알았던 것이다. 그런데 검은 깨알을 쏟듯 비행기의 배가 무언가를 토해내는 것을 보았다.

'시력도 좋았지. 아무렴, 좌우 각각 1.5였으니까.'

정 군이 외쳤다.

"수평 폭격이다."

정 군과 나는 바로 앞 개천으로 뛰어내렸다. 그러고는 축대 아래쪽에 몸을 붙이고 눈과 귀와 코를 양손의 손가락으로 막았다. 일본 군대에서 배운 요령이었다. 다음 순간 천지가 진동하는 꽝음이 일더니 한참 동안을 계속되었다. 굉음이 사라진 뒤 눈을 떠보았다. 몽몽한 연기와 먼지로 지척도 분간할 수 없는데 기왓장과 돌멩이와 나무토막 같은 것이 날아와선 축대의 벽에 부딪히고 있었다. 폭풍의 회오리였다.

그 회오리가 끝나고 먼지가 가라앉았을 때 몸을 일으켰다. 근처의 집은 온 데 간 데가 없었다. 무수한 사람이 죽었다. 그 지옥 속에서 나와 정 군은 살아남았다.

'폭탄이 떨어지는 자리를 몇 센티쯤 피했다는 것이 내가 생존한 조건이며, 이유다.'

하는 하나의 관념이 그때 내 가슴속에 새겨지게 된 것이다.

'그렇게 살아남아 드디어 이젠……'

육체의 세계는 협소하기 짝이 없다. 육체의 시간은 허무하리만큼 짧다. 한데 관념의 세계는 한없이 넓다. 그 시간도 거의 무한에 가깝다. 빈약하고 짧고 협소한 세계밖엔 가지고 있지 않은 인간이 다종 다양할 뿐아니라 중요한 관념의 세계를 가지고 있다는 것은 책벌責罰일까, 위안일까. 육체는 사로잡혀 있지만 관념은 모든 속박에서 초월할 수 있다는 것은 지혜의 말일까, 우자愚者의 넋두릴까.

집안 사람들이 나의 음울한 표정을 어머니의 병환 때문일 것이라고만 생각하고 있는 것은 다행이구나. 나는 아무 말 않고 서재로 들어가 한 권의 책을 찾았다. 두 달 전엔가 읽은 모리스 웨스트의 책이다. 암의 선고를 받은 메레디스란 신부神父를 주인공으로 한 그 소설의 서두를 읽어보고 싶었던 것이다. 한 번 읽은 책은 아무 구석에나 처박아버려 찾기 힘들기가 보통인데 요행스럽게도 그 책은 짜증을 내지 않고 찾을 수가 있었다.

첫 페이지를 폈다.

다른 사람들을 위해 편안한 죽음을 준비해주는 것을 직업으로 하고 있는 그가 자기의 죽음에 대해선 전혀 준비가 없었다는 사실은 충격이었다.

그는 이성적인 사람이었다. 그런 만큼 사람은 출생하는 그날, 자기의 사형 선고를 손바닥 위에 기록한다는 사실을 그는 알고 있었다. 그는 또한 냉정한 인간이었다. 감정에 치우치지 않고 어떠한 고행에도 지치지 않았다. 그런데도 암의 선고를 받았을 때의 그의 첫째의 충동은 불사의 환상에 매달리고 싶은 강렬한 욕망이었다.

얼굴을 가리고 손을 숨기고 전혀 예기치도 않은 시간에 죽음이 들이닥친다는 것은 죽음이 지니고 있는 은총의 일부라고 할 수가 있다. 죽음은 그의 형제인 수면처럼 천천히 부드럽게 다가서든가, 또는 성애性愛의 절정처럼 빨리, 급격하게 엄습하든가 해야 한다. 그런 까닭에 최후의 순간은 영혼과 육이 분리하는 고통 대신 조용하고 성스럽기조차 할 것이었다.

이와 같은 죽음의 은총은 막연하나마 모든 사람들이 바라고 있는 바이며 그것을 위해 기도한다. 그런데 그 바람과 기도가 거절당했을 때 사람들의 비통은 심각하다……

나는 계속 읽어갈 흥미를 잃었다. 문제는 앞부분에 있을 뿐이다. 정도와 내용은 물론 다르지만 신부와 작가라는 것은 약간 비슷한 직업이다. 신부의 역할이 사람들에게 편안한 죽음을 준비해주는 것이라면 작가의 역할은 죽음에 대처하는 인간의 위신을 생각하게 하는 데 있다. 그는 죽음에 관해 어떤 글을 쓰건, 안 쓰건 죽음에 임하는 각오만은 마음속에 간직해 있어야 하는 것이 아닐까. 각오까지 되지 못하더라도 좋다. 그러면 어떤 기분이라도.

그런데 내겐 그저 당황이 있을 뿐이다. 남에게 충고하는 것을 직업으로 하고 있는 나 자신이 인생에 있어서 가장 중대한 문제를 두고 당황한다는 것은 말이 되지 않지 않는가. 그러나 지금도 아직 늦지는 않다는 마음이 있다.

나는 모리스 웨스트의 신부로부터 각오를 배울 양으로 억지로 읽어 내려갔다. 다음과 같은 대목이 나왔다.

의사는 말했다.

"물론 수술할 수야 있죠. 한데 수술을 하면 당신은 석 달 안으로 죽게 됩니다."

"수술을 안 하면?"

"조금은 더 살 수가 있겠죠. 죽을 때 고통스럽긴 하겠지만."

"어느 정도로 오래 살 수 있을까요?"

"6개월."

"우울한 선택이군요."

"당신이 결정해야죠?"

"알았습니다."


나는 나와 의사와의 대화를 상기했다. 나의 경우 의사는 수술이 불가능하다고 했다. 앞으로 1년은 살 수 있을 것이라고 했다.

모리스 웨스트의 작중 인물 메레디스 신부는 6개월은 살 수 있다는 의사의 말을 믿고 그 기간을 꽉 차게 자기의 임무를 완수하려고 했다. 그런데 임무 도중 다른 의사에게 알아본 결과 그 반밖에 못 산다는 사실이 밝혀졌다. 그러니 나의 경우도 반년으로 잡아야 할 것이 아닐까.

'그런데 어머니는?'

하는 상념이 뇌리에 비끼자, 나는 어떻게 하더라도 어머니보다는 오래 살아야 한다는 생각을 다졌다. 단 하루라도 좋다. 어떻게 하건 어머니가 죽은 연후에 내가 죽어야 하는 것이다.

심한 동통이 엄습했다.

서재에 있는 술병을 꺼내 병으로부터 직접 몇 모금을 마셨다. 그래도 고통은 가시질 않았다. 소파에 길게 누웠다. 병세는 선고 후에 급속도로 진행되는 모양이었다. 책에서 얻은 지식으로 모르핀을 구해야겠다는 작정을 했다.


　밤중에

　'기막힌 운명!'

이라고 중얼거려 본 것은 내가 암에 걸렸다는 사실을 두고 한 감회는 아니다.

　나는 이상스럽게도 내 자신의 고통을 고통스러운 그대로 표명할 수 없는 국면만을 겪었다.

　그 첫째의 예가 일제 말기 학병으로 나갔을 때다. 가까운 친척 먼 친척 할 것 없이 죽음터에 나가게 된 나를 위로하기 위해 모여드는 바람에 나는 우울한 표정을 지을 겨를이라곤 없었다. 도리어 내가 그들의 침통한 마음을 위로해야만 하는 입장이 되었다.

　"걱정 마십시오. 나는 어떻게 하건 살아서 돌아올 테니까요."

　"전쟁은 곧 끝납니다."

　"일본은 망하게 돼 있으니까, 기회를 보아 안전지대로 탈출이라도 할 겁니다."

　이렇게 내 자신도 믿지 않은 허튼소리까지 해가며 나는 그 긴박한 시간을 엄격한 자기 성찰을 할 겨를도 없이 넘겨버렸다.

　둘째의 예는 6·25 동란 중 정치보위부에 붙들렸을 때였다. C 시를 점령한 북괴군은 천주교 교회당에 정치보위부의 본거를 차려두고 유치장으로선 2층을 사용했다. 2층 유치장에 며칠을 가둬두고 조사가 끝나면 형무소로 보내는데 그 2층 유치장에 있는 동안이 공포의 연속이었다. 낮과 밤을 가리지 않고 빈번히 공격해오는 비행기가 언제 그 2층 건물을 날려버릴지 몰랐기 때문이다. 그런데 그때도 나는 불안한 그대로 언동할 수가 없었다. 상당수의 학생이 반동 사상을 가졌다고 해서 끌려와 있었는데 그들에 섞여 명색이 교사라고 하는 자가 불안하다고 해서 벌벌 떨수가 없었다. 스스로의 불안을 숨기고 태연한 척 꾸미곤

"최후의 일각까지 침착해야 한다."

"불안하다고 생각하면 자꾸만 불안해지는 것이다. 일부러라도 불안한 척 말아라."

"정신만 똑바로 차리면 하늘이 무너져도 솟아날 구멍이 있단다."

"미국 비행기가 십자가가 달려 있는 교회당을 폭격할 까닭이 있느냐."

는 등의 말을 지껄여야 했던 것이다.

세 번째의 예는 5·16 혁명 직후 필화 사건으로 붙들렸을 때이다. 처음 Y경찰서의 유치장에 수감되었는데, 거기엔 이미 교원노조에 관계했다고 해서 십수 명의 교사들이 수감되어 있었다. 그들은 나를 보자 지옥에서 부처님이나 만난 것처럼 반가워했다. 무력하고 마음이 약한 교사들은 별것도 아닌 나를 정신적인 지주로서 삼으려는 기분이 되었던 모양이다. 상황이 그렇게 되었는데 어떻게 나 자신의 울분과 고통을 표명할 수 있었겠는가 말이다. 나는 부득이 수학여행에 아이들을 데리고 여관방에서

같이 자는 선생처럼 처신하지 않을 수 없었다. 이런 사정은 서대
문 교도소로 옮기고 나서도 바뀌질 않았다. 같은 감방에 노인도
있고 청년도 있고 보니 우울한 표정조차 할 수가 없었다.

"이곳은 감옥이 아니고 아카데미다."

"우리는 죄수가 아니고 황제다."

"감옥 이상으로 안전한 곳이 어디에 있느냐. 우선 체포당할
걱정이 없지 않느냐. 화재를 만날 걱정도 없고 홍수에 떠내려갈
걱정도 없지 않느냐."

"이곳에 있는 한 나는 나의 완전한 주인이다."

"자유는 마음속에 있는 것이지 조건에 있는 건 아니다. 바깥
세상은 창살이 없는 감옥일 뿐이다."

"우리가 갇혀 있는 것이 아니라 우리가 달과 별을 가두어놓고
산다."

이처럼 황당무계한 말을 꾸며가며 죄수가 황제 노릇을 해야
했던 것이다.

그런데 나는 인생의 마지막 국면에서 또 그와 같은 사정에 놓
이게 되었다는 것을 절실한 마음으로 확인하지 않을 수가 없다.

'어머니를 위해서!'

어머니를 위해 최후이자 결정적인 연극을 해야만 하는 것이
다. 첫째 나는 나의 병을 어머니에게 알려선 안 된다고 다짐했
다. 둘째 어떠한 일이 있더라도 어머니보다 먼저 죽어서는 안 된
다고 다짐했다. 말하자면 하루에 몇 번씩이나 엄습하는 동통을

참고 건강한 사람인 척해야 하는 것이다.

나는 나의 불효를 보상하는 방법은 이 길밖에 없다고 결심했다. 고통을 참지 못해 드러눕는다고 해서 경각에 있는 죽음을 연기시킬 수는 없는 일이 아닌가. 나는 어머니를 위해서 내 마지막 인생을 바치기로 했다. 이런 각오에 따른 비장감이 얼만가의 위안이 된다는 것은 인간이 유물적 존재가 아닌 증거일지도 모른다.

병원에 있어도 아무런 보람이 없다는 사실이 명백하게 되었다. 그럴 바에야 집에 누워 계시는 게 마음이 편하겠다는 어머니의 말씀도 있었다.

내일 퇴원하기로 한 날의 밤, 나는 어머니와 함께 병실에서 지내기로 했다. 그날 밤 모자간에 긴 얘기가 있었다.

얘기는 이렇게 시작했다.

"애야, 너 기운이 없어 뵈는구나."

"어머니가 아프신데 제가 기운이 있을 턱이 있습니까."

"나는 많이 나아진 것 같다. 그러니 기운을 내라."

"어머니가 완쾌하시면 그때 자연 기운이 날 겁니다. 걱정 마이소."

"아무쪼록 몸조심 해라. 네 책임이 얼마나 중하노."

"그보다 어머니 옛날얘기나 합시다."

"옛날이야기? 네가 해라. 나는 들을게."

"이 세상에선 어머니와 같이 가장 오래 산 사람은 저죠?"

"응, 그래."

"제 어릴 때 하던 짓 기억하고 계십니까?"

"대강."

"커서 《흥부전》이란 걸 읽어 봤는데 제 한 짓이 놀부가 한 짓 그대로였습니다. 내가 한 짓을 일일이 기록한 것 같애요."

"그래?"

"못자리판에 돌 던지기, 삼밭에 말달리기, 삼밭에 말을 달리진 않았지만 삼밭에서 숨바꼭질을 하여 남의 삼밭을 망쳐놓은 적은 있거든요."

"그랬지."

"호박을 보면 나무못을 박아놓았고 남의 외밭을 뒤지고 게발통을 뒤엎고……."

"난하기 짝이 없었지."

"그렇게 짓궂은 애를 키우려니 얼마나 수고를 했겠습니까."

"가을만 되면 네가 손해 뷘 곡식 물어주느라고 바빴다."

"어머니, 제게 하모니카 사주신 일 기억하세요?"

"응."

"일본 갔다 온 사람의 아들이 하모니카를 가지고 있었거든요. 그것이 탐이나 죽을 지경이라서 졸랐더니 어머니가 그 집에 직접 가서서 하모니카를 사왔어요. 그 집 어른들은 고사하고 그 집 아이를 어떻게 꼬셨는지 지금도 궁금해요."

"돈도 많이 주었지만 짚을 열 통이나 안 줬나. 지붕을 일 짚이

52

없다캐서."

"되게 비싸게 치었겠네요."

"그 집 아들도 소중한 아들인데, 그 아들 것을 가지고 오는데 비싸고 안 비싸고가 있었겠나."

"어머니가 제일 기뻤을 땐 언제였습니까?"

"네가 중국에서 돌아왔을 때다."

"제일 슬펐을 때는요."

"글쎄. 그건 아버지가 죽었을 때라고 해야 안 되겠나."

"어머닌 시집을 사시느라고 고생하시진 않았습니까?"

"고생이 뭣고, 호강을 했지. 느그 할머니는 참으로 훌륭했더니라. 여장부였지."

"고생이 많으셨을 텐데요. 그 밖에도."

"누가 고생 않고 사는 사람이 있겠나."

"특히 마음에 걸려 있는 게 뭡니까."

"느그 작은아부지의 제사가 마음에 걸리는구나."

작은아부지란 나의 중부仲父를 말한다. 중부는 3·1운동 때 투옥된 이래 평생 절節을 굽히지 않고 불우하게 살았는데 아들이 없다. 그 때문에 제사를 걱정하고 있는 것이다.

"그밖에 한이 되는 건 없습니까?"

"원도 한도 없다. 손주 놈 장가만 보내면 그 이상이 없겠구나."

"상대가 결정되어 있으니 결정할 것 없습니다."

"이 해 안으론 안 될까?"

"지금 대학 4학년이니까 명년 봄 졸업하고 나면 곧 하도록 하죠 뭐. 여자는 재학 중엔 결혼할 수 없게 돼 있어요."

"모두가 남녀동권이라고 하던데 왜 그것만 남녀동권이 아니고."

"특히 하고 싶은 건 뭡니까."

"아무것도 없다. 전국 좋은 데란 곳은 다 가봤고. 제주도만 빼놓고 말이다. 그런데 뭐 바랄 게 있겠노."

"완쾌하시거든 제주도엘 갑시다. 제가 모시고 갈 테니까요."

"언제 나을 날이 있을까?"

"있구말구요."

"병원비가 많이 들겠재?"

"그런 게 어디 문젭니까."

"차를 없애서 불편하재?"

"요즘 휘발유값이 비싸고 한데 없앤 건 잘한 일입니다."

"그래도 넌 옛날부터 타고 다닌긴데."

"새 차 좋은 걸 사죠, 뭐. 어머니가 나으시기만 하면요. 새 차 사가지고 전국 방방곡곡 타고 다닙시다."

"바쁜 사람이 그럴 여가나 있겠나."

"어머니만 나으시면 그때부터 전 안 바쁠랍니다. 일을 줄이죠, 뭐."

"일을 좀 줄여야 될 끼다. 밤샘을 하며 글 쓰고 있는 걸 보니 딱하더라."

"버릇이니 딱할 것도 없습니다. 아무리 생각해도 어머닌 오래 살아계셔야 할 것 같애요."

"왜?"

"제 유일한 빽인 걸요."

"나를 빽으로 말고 부처님을 빽으로 해라."

"부처님을 빽으로 한 사람은 너무 많지 않습니까. 전 여전히 어머니를 빽으로 할 겁니다."

"내 빽이 부처님이니까 네 빽도 부처님이다."

……

얘기는 더 많이 계속되었다. 처음으로 모기장을 산 얘기, 재봉틀을 산 얘기, 어머니의 어렸을 때의 얘기, 어머니의 잊을 수 없는 친구들의 얘기, 친정 얘기…….

이것이 어머니와 나 사이에 있었던 대화다운 긴 대화의 마지막이었다.


퇴원하는 날 나는 의사에게 물었다. 어머니의 생존이 얼마 동안이나 보장되겠느냐고. 반년까진 갈 것이란 의사의 대답이었다.

어머니를 자동차 안에 모셔다 놓고 나는 다시 의사에게로 가서 내 문제를 물었다. 의사는 좀처럼 답을 안하고 있더니 조심만 하면 1년은 견딜 수 있을 것이라고 했다.

"그럼 어머니보다 먼저 죽는 일은 없습니까?"

"대강 그렇게 되겠죠."

하고 그는 얼마 전의 의견을 반복했다.

"어머니보다도 중증이라면서 내가 오래 산다는 건 모순이 아닙니까?"

"젊으니까요."

돌아와 차를 타고 강변도로로 해서 내가 거처하고 있는 집으로 가려고 하자 어머니는 반대했다. 손주 집으로 가야 한다며 말을 다음과 같이 하셨다.

"내 집에 가서 누워 있어야 편하다."

이 말씀에 내 가슴이 쿵했다.

그리로 가시면 나도 거기서 거처해야 할 것이지만 그렇겐 될 수가 없었다. 나는 내 죽음도 준비해야 하는 것이며 따라서 정리를 하려면 생활의 본거지에 있어야 하는 것이었으니까.

그러나 어머니의 뜻대로 모실 수밖에 없었다. 어머니는 어떻건 살아서 집으로 돌아오신 것이 기쁜 모양으로 문병 온 친척들과 친지들에게 농담을 섞은 말씀을 가끔 하셨다.

어머니의 단골 병원에 연락이 되어 간호원이 왔다. 그 간호원이 책임지고 링거와 그 밖에 필요한 주사를 놓아주기로 약속이 되었다.

나는 내 생애의 정리에 착수했다. 정신을 혼미케 할 정도의 동통이 엄습해오면 모든 것을 포기하고 드러누워버리고 싶었지만 그 동통이 살큼 가시면 이대로 가만있을 순 없다는 생각으로 벌떡 일어나곤 했다. 요컨대 나는 어머니의 고통과 내 고통을 이중으로 고통해야 했는데 그것이 상승작용으로 고통을 더하게 하는 것이 아니라 어쩌면 상제 작용相除作用으로 고통을 덜어주는 결과가 되었지 않았나 하는 생각을 가질 때도 있었다. 이를테면 어머니의 죽음에 대한 슬픔 속에 내 죽음에 대한 공포를 묻어버릴 수가 있고, 내 죽음에 대한 슬픔의 그늘에 어머니의 죽음에 대한 슬픔을 묻어버릴 수가 있다는 얘기다.

관념이 무슨 꾀를 꾸미고 수식하려고 해도 고통은 남는다. 고통 가운데서라도 정리는 해야 한다. 그런데 무엇을 어떻게 정리한단 말인가.

재산! 정리를 해야 할 정도로 재산이 있을 까닭이 없다. 그야말로 프랑스의 어느 익살꾼처럼 뽐낼 수가 있다.

"내가 한 유일한 선행은 후손들이 그것으로 인해 싸움질을 하게 될지 모르는 재산을 남기지 않은 데 있다."

가지고 있는 것은 얼마간의 책이다. 약간의 호학심好學心에 허영심이 거들어 만 권의 장서가 된 것인데, 모아놓고 보니 장하다는 생각이 없지 않다. 언어별로 하면 그리스어, 라틴어, 영어, 프랑스어, 일어, 독일어, 한문, 우리말. 갖가지 고전을 비롯해서 현대의 사상가에 이르기까지. 어느 한 권 내 손으로 만져보지 않은 것은 없지만 아직도 읽지 못한 책이 적잖이 있다. 언젠가는 읽을 것이라고 모아둔 것이지만 시간이 없다. 읽지 못한 책을 쌓아두고 세상을 떠난다는 것도 슬픈 일이다.

그 책 더미를 둘러보며 생각하는 것은, 나의 59년은 철이 들고 이날까지 외국어를 배우고 익히는 데 소모되었다는 아쉬움이다. 그러고도 이 정도면 되었노라고 자신을 가질 만큼 마스터한 외국어라곤 없다. 도스토옙스키가 벨린스키를 비판한 말 가운데

"평생 하나의 외국어도 마스터하지 못하고 포이어바흐를 폭이엘밧흐라고 발음한 인간."

이란 것이 있는 이 말은 나에게 가슴을 찌르는 칼날처럼 느껴지는 말이다. 도스토옙스키는 20세 이전에 거침없이 칸트를 읽을 만큼 독일어에 능했고 16세 때 발자크를 번역할 정도로 프랑스어에 능했다. 대천재와 겨루려는 불손한 생각은 아예 없지만 59년의 생애를 살고도 하나의 외국어에도 자신있게 익숙해 있지 못하다는 것이 한스러울 뿐이다. 그러한 자책도 있어 나는 내가 모아둔 책들을 두고 친구들에겐 나이가 많아 아무것도 하지 못하게 되면 헌책점을 할 작정이라고 했다.

이것은 결코 농담이 아니었다. 친구들은 대강 전원에 집을 가지고 수석樹石을 즐기며 노후를 지내야겠다는 꿈을 가지고 있는 모양인데 나는 그렇지가 않다. 서울 어느 변두리에 헌책점을 차려놓고 책이 팔리는 대로 쌀 한 되, 연탄 한 개 사서 끼니를 잇고 여유가 있으면 소주 한 병, 오징어 한 마리 사다간 책을 구하러 온 학생들과 책 얘기나 하며 노후를 살았으면 하는, 목가적牧歌的이라고 하기엔 너무나 거리가 먼, 그러나 나로선 목가적이라고 할밖에 없는 꿈을 가지고 있었던 것이다.

백발에 주름 잡힌 몰골로 동東으론 사마천司馬遷, 서西에선 사포를 들먹이며 젊은 학생들과 소주잔을 나눠가며 담론 풍발談論風發하고 있으면 인생의 노후, 그로서 족한 것이 아닐까. 그런데 아주 겸손한 염원이라고 생각했던 이 염원이 지금 와선 엄청나게 호사스러운 꿈으로 되었다. 내겐 노후조차도 없는 것이다.

　내겐 청춘이 없었다는 말은 노상 써오던 넋두리다. 공부하는 것처럼 공부하지 못하고 노는 것처럼 놀아보지 못하고 피압박 민족으로서의 콤플렉스를 지니며 어두운 나날을 보내다가, 젊음의 절정을 일본군의 용병 신세로서 지내곤 뒤이어 좌우 충돌의 회오리 속에서 정신을 차리지 못한 채 생사지간生死之間을 방황해야 했던 놈에게 무슨 청춘이 있었겠는가 말이다. 그러고 보니 내겐 청춘도 없고 노후도 없다는 얘기가 되는 것이다.

　젊은 친구들은 여전히 찾아온다.

　"선생님, 건강이 안 좋으신 것 아닙니까."

하면서도 그들이 예나 다름없이 내 서재에서 활달한 것은 내가 빈사 상태에 있다는 사실을 알 까닭이 없기 때문이다. 나는 기를 쓰며 건강한 척 꾸미고 있었으니까.

　어느 날엔가 그들은 헌법 논의를 토론의 주제로 하고 불꽃을 튀겼다. 대통령 책임제가 어떻고, 내각 책임제가 어떻고, 절충식이 어떻고 하는 의견들이 엇갈렸다. 종전 같았으면 나도 그 토론에 끼어들었을 것이지만 그들의 토론을 듣고 있는 것만으로도 심신이 지쳤다.

설혹 기력이 있더라도 그러한 논의는 사람을 지치게 만든다. 어떤 의견에도 나름대로의 타당성은 있는 것이고, 어떤 제도라도 운용의 묘妙를 다하면 좋은 보람을 나타낼 수가 있고, 어떤 제도라도 운용이 잘못되면 사악한 올가미로 화하고 말 것이니 그렇다. 사실이 그렇지 않은가, 제퍼슨이나 링컨 같은 지도자를 예상할 수 있다면 대통령 책임제 이상으로 좋은 것이 없을 것이고 네루와 같은 인물을 예상한다면 내각 책임제도 나쁠 것이 없다.

영국이나 미국, 스칸디나비아처럼 제도가 전통적인 뿌리를 박고 있는 나라에선 그 제도는 이미 자연환경처럼 되어 있어 사람은 그것에 대한 유연하고 탄력성이 있는 적응 방법만 연구하면 된다. 그러니 우리나라와 같은 상황은 제도 논의를 필요로 하면서도 그 제도 논의를 할 수 있는 단계까지도 이르지 못하고 있는 것이 아닌가. 그렇다고 해서 제도 논의를 포기할 수 없지만…….

젊은 친구들의 토론은 계속되고 있었다. 나는 살며시 빠져나와 서재에 이어진 온돌방으로 와서 잠시 몸을 뉘었다. 오한이 엄습해왔기 때문이다.

이불을 뒤집어쓰고서도 다가오는 사신死神의 얼굴을 보아둘 양으로 마음의 눈을 부릅뜨고 있으니 썰물처럼 열이 빠져나갔다. 옆구리의 동통만이 심하게 남았다. 그 동통을 견디느라고 안간힘을 다하고 있는데 뜻밖에도 파키스탄의 '부토'의 얼굴이 내 눈앞에 어른거렸다. 파키스탄의 '부토'는 작년1979년 4월 4일 쿠데타를 일으킨 '하크' 장군에 의해 사형되었다. 그가 사형된 날짜를 내가 기억하고 있는 것은 바로 그날 나는 '하크'에게 부토의 구명을 탄원하는 편지를 썼기 때문이다. 프랑스의 지스카르 대통령을 비롯한 세계의 지도자들이 그의 구명을 서두르고 있는데도 효과가 있을까 말까한 처지였는데, 극동의 반도에 사는 존재도 없는 작가가 탄원의 편지를 쓴들 무슨 소용이 있으리라고 믿기라도 했을까만《뉴스위크》가 전하는 그의 옥중 사정에 충격을 느낀 때문도 있어 나로서는 최선을 다해야겠다는 간절한 마음으로 그 편지를 썼다.

…… Please save Mr. Bhutto.

In every respect, it is disgraceful to

kill Bhutto for you and your country.

He is a supreme kind of patriots

which has the deepest mean to

your country. Though he may be

a badman according to any sense

he surely has some great values …….

부토 씨를 살려주시오. 어떤 면으로서도 그를 죽이는 것은 당신과 당신 나라를 위해 명예스럽지 못할 것입니다. 그는 당신 나라에 있어선 깊은 의미를 가진 탁월한 애국자의 한 사람입니다. 설혹 어떤 의미론 그가 나쁠지 모르지만 그는 확실히 위대한 가치를 가지고 있는 사람입니다…….

이 편지를 쓰고 있을 때가 새벽 3시 반이었다. 나는 그 시각까지를 편지의 말미에 적어 넣었다. 그러고는 날이 새기를 기다려 국제 우체국으로 가려던 참인데, 아침의 라디오 뉴스는 줄피카르 알리 부토의 사형 집행이 있었다는 사실을 알렸다.

부토는 51세의 나이로 형장의 이슬이 되었다. 그것은 제도라는 것이 아무런 의미도 갖지 못한다는 것을 알리는 선고와도 같았다. 부토는 방글라데시와의 분리 후의 파키스탄에 효과적인 제도를 도입하기 위해 애쓴 사람이었다. 혼합 상태에 있는 정교政敎를 가장 바람직한 제도로서 구별하고 조화하여 파키스탄이 제도에 의해 지배되는 나라로 자라게 하기 위해 그는 혼신의 용기를 다했다. 그 결과가 사형인 것이다.

부토의 최후는 제도에 의한 지배가 확립되지 못한 나라에 있어서의 제도의 운명을 말해주는 동시에, 제도는 제도에 대한 존경이 전통적으로 확립되어 있는 나라에만 보람을 다할 뿐 그렇지 못한 나라에선 언제 북풍의 회오리 속에 떨어질지 모르는 낙엽과 같은 것이란 사실을 시사한 것이기도 하다.

이를테면 바이마르의 헌법이 얼마나 훌륭한 것이었던가. 그런데 그 바이마르 헌법의 틈서리를 비집고 아돌프 히틀러가 등장했다. 또한 소련의 헌법 어느 부분에 천만 가까운 시민을 강제 수용소에 몰아넣어 학살해도 좋다는 조문이 있기라도 했던가. 그러나 제도에 관한 논의는 있어야만 한다. 알아둬야 할 것은 법률이 민주주의를 만들어내지 못한다는 사실이다. 민주주의가 정치적으로 작용할 수 있으려면 나라를 구성하는 성원의 반쯤은, 반이 지나치면 3분의 1정도라도 민주적인 인격과 의식을 지니고 있어야 한다. 민주적인 인격의 결정적 조건은 관용이며, 양보이며, 타협이며, 이 이상의 타협은 생명의 지장이 있다고 생각할 때엔 어떠한 위협에도 굴하지 않는 정신이다.

여기까지 마음이 미쳤을 때 나는 어이가 없어서 웃었다. 사형 집행의 날짜를 받아놓고 있는 사람이 민주주의를 생각하고 있다는 것은 너무도 어처구니없는 일이란 의식이 고개를 쳐들었기 때문이다. 나는 나의 최후를 위해 최선의 준비를 해야만 하는 것이다. 보다도 어머니가 돌아가시기 전엔 어떤 일이 있어도 죽지 말도록 방법을 강구해야 하는 것이다.

서재에서의 토론은 아직도 계속되고 있었는데 돌연 나를 찾는 말이 있었다. 벌떡 일어났다. 잠깐 변소엘 다녀왔다는 태도를 꾸미고 자리에 가서 앉았다.

"선생님은 어떤 체제가 가장 좋다고 생각합니까?"
하는 누군가의 질문이 있었다.

"나는 체제를 신용하지 않는다. 그런 때문에 어떤 체제가 좋다는 말을 할 수가 없다."

나는 겨우 이렇게 말했다.

"그것은 너무한 회의주의 아닙니까. 지금 제시되어 있는 것 가운데 어느 것인가를 선택해야 할 경우에 있으니까 묻는 겁니다."

하고 말하는 사람이 있었다.

"하지만 내겐 선택할 겨를이 없을 것 같애."

이건 나의 본심을 말한 것이었다. 헌법안을 놓고 투표할 때까지 나는 이 지상에 살아 있지 않을 것이니까. 그런데 그런 나의 본심을 알 까닭이 없는 젊은 친구들은 나의 말을 도회술韜晦術의 일종으로 보았던 모양으로

"선생님도 늙어가시니까 자꾸만 약아지십니다, 그려."

하고 한 사람이 말하자 모두들 서먹서먹한 웃음을 띠었다. 그러고는 나를 토론 권외로 밀어내놓고 다시 토론이 시작되었는데 한 사람이 돌연 이런 말을 했다.

"하여간 이번에 잘하지 않으면 볼장 다 보는 거야. 가장 악한 방식에 의한 대륙화를 면하지 못할걸? 그렇게 되어봐. 지금 이 나라에서 진행되고 있는 문학이니 뭐니 하는 게 살아남을 것 같애? 어림도 없어. 베트남이나 캄보디아가 남의 일인 줄 알아?"

그러자 다른 청년이 다음과 같이 받았다.

"캄보디아의 폴 포트 정권이 프놈펜의 시민들을 모조리 시골로 내쫓았다고 하지 않던가. 마을 사람들은 마을 사람들대로 지역을 바꿔 이주시키고 말야. 그런데 그게 폴 포트의 창안創案이 아니고 김일성으로부터 배워서 한 짓이래. 평양과 원산, 함흥 등 도시를 김일성이 그런 식으로 처리했다는 거야. 뿐만 아니라 폴 포트 주변엔 북한에서 간 공작원이 있대. 그 공작원들이 김일성의 수법을 캄보디아에 적용한 거라니까 알 만하잖아."

"그래 어쩌자는 건가? 김일성이 두려우니 민주주의 말자는 얘 긴가?"

하는 반박이 있었다.

"민주주의의 방향을 그런 사정을 감안하여 결정해야 한다는 거며 놈들에게 허를 찔리지 않도록 조심해야 한다는 얘길 뿐야."

하고 한 사람이 말하자

"공산주의를 이기는 수단은 민주주의밖에 없어. 그러니까 민 주주의의 기틀을 잡는 게 안보의 선결 문제라고 생각한다."

는 의견을 내는 사람도 있었다.

이어 학생들의 동태이며 장래 대통령의 가능적 인물에 대한 평으로 화제는 옮아갔다. ……

그 모든 얘기들이 그저 귀찮기만 했다. 동시에 엉뚱한 얘기가 염두에 떠오르기도 했다.

하루살이가 엄마에게 물었다.

"엄마, 파리들이 내일 어쩌자 내일 저러자 해쌌는데 내일이란 게 뭣고?"

하루살이 엄마는

"씨알머리 없는 놈들의 잠꼬대 같은 소리를 귀담아 듣는 바보 가 어딨어."

하고 신경질을 냈다는.

요컨대 내일이 없는 하루살이인 내가 내일을 들먹이고 있는 파리 떼에 섞여 있는 기분이라고나 할까.

젊은 친구들은 두어 시간 동안 지껄이다가 돌아갔다. 여느 때 같으면 술병을 갖다 놓고 잔치를 벌일 테지만 아무리 내가 태연한 척 꾸미고 있다고는 하나 그럴 용기까진 나지 않았다.

그들이 돌아가고 난 뒤 나는 다시 온돌방으로 돌아와 자리에 누웠다. 동통의 발작이 심해 천장을 보고 누워 있을 수가 없었다. 배를 아래로 깔고 누웠다. 얼마 동안인가를 그러고 있는데 아내가 들어왔다. 고개를 들어 힐끗 아내를 쳐다보곤 다시 얼굴을 아래로 깔았다.

"당신 영 기운이 없어 뵈요. 녹용이나 한 제 지어 먹어야 할 것 같소."

하는 말을 남기고 휭 나가려는 것을 붙들어 세웠다.

"어머니한테 가봐야 하는데 도저히 그럴 수가 없소. 당신이 가든지 전화를 하든지 해서……."

말을 마저 끝내지 못한 것은 북받쳐 오르는 슬픔 때문이었다. 세상의 상식은 암에 걸렸을 경우, 가족은 알고 있으면서 본인에겐 알리지 않는다고 하는데 나는 사정이 거꾸로 되어 있는 것이다. 나만 알고 가족은 모르고.

그러나 나는 나의 병을 이 정도라도 미리 알게 되었다는 것을 다행으로 생각한다. 덕분에 앞으로 반년쯤 남은 나의 생명의 시간을 치밀하게 계산하며 살 수 있는 거니까.

Y군이 찾아온 것은 언제였던가. 그날 소춘小春의 날씨였던 것은 틀림이 없다. 뜰에 등의자를 내놓고 겨울로선 거짓말처럼 따

사로운 햇빛을 쪼이며 장시간 얘기를 주고받았으니까.

"어머니께선 퇴원하셨다지?"

"응."

"작년에 팔순 잔치를 하실 땐 그렇게 정정하시던 어른이……."

"글쎄 사람이란 기약할 수가 없는 거라."

"위암이라고 했지."

"그렇다네."

"어머니께선 모르시고 계시지?"

"그래. 그러나 워낙 영리한 어른이니까 벌써 눈치를 채고 계실지 모르지. 알면서도 모르는 척하고 계시는 건지."

"병원에 계실 때 문병을 갔더니 자네 어머니의 말씀이 의학 박사 수십 명이나 있으면서 고치지 못하는 병이 있다면 의사란 건 있으나마나 한 거 아니냐고 아주 유머러스하게 말씀하시던데 ……."

"자기의 동생이 의학 박사였는데도 자기보다 먼저 돌아가셨으니 그런 것에 대한 푸념도 곁들여 하신 말씀일 거야."

"앞으로 십 년만 기다리면 암 예방이나, 치료가 완벽하게 될 것이란 말도 있던데."

"글쎄 십 년만 더 사실 수가 있으면 좋으련만."

"그래도 자네는 어머니를 81세까지 모시고 있으니 보통 다행한 일이 아니잖은가."

"Y군은 어머닐 몇 살 때 잃으셨지?"

"6·25 때니까 내가 서른 살. 우리 어머닌 환갑을 채우시지도 못했어. 그러니까 내가 지금 자네를 동정하고 있는 건 보다 불행한 놈이 덜 불행한 놈을 동정하고 있는 거나 다를 바가 없어."

"자네는 그 슬픔에서 벌써 졸업하고 있는 것 아닌가."

"이 사람아, 슬픔을 어떻게 졸업하노. 잊고 있을 뿐이지."

"슬픔을 졸업할 순 없다. 잊고 있을 뿐이다. 좋은 말인데."

"헌데 자네의 안색이 영 좋질 않군. 어머니 일로 충격이 큰 때문이겠지만 자네 건강에도 조심해요. 앞으로 자네가 할 일이 태산 같지 않은가."

"내가 할 일?"

"자네가 할 일은 아직 태산 같이 남았어. 이때까지도 좋은 작품을 안 쓴 건 아니지만 자네의 라이프 워크는 장래가 있어. 아직 나타나지 않았어. 그리고 나는 자네가 가슴속에 소장하고 있는 그 많은 문제를 알고 있거든. 그게 하나 하나의 작품이 되어 나오면 빛나는 문학의 성城이 될 거야."

"천만에. 나는 여태껏 너무나 시시껄렁한 것을 많이 써왔어. 생각하면 그게 후회야."

"후회는 아직 일러. 설혹 시시껄렁한 것을 더러 썼다고 해도 앞으로 정진하기만 하면 자네의 재능으로선 능히 그 시시껄렁한 것을 덮어버릴 작품을 쓸 수가 있을 테니 말이야."

"기대하지 말게. 내가 기대하는 건 자네뿐이다. 자네야말로 훌륭한 작가가 아닌가. 나는 자네가 신 벗어놓은 데도 따라갈 수가 없어. 나는 그걸 요즘에사 똑똑히 알았네."

"무슨 소릴 하고 있는 거야."

"아냐, 내겐 희망이 없어. 완전히 없어. 희망이 있을 것으로 믿고 차일피일해왔는데 이젠 절망이다. 절망!"

"왜 그런 터무니없는 소릴!"

"터무니없는 소리가 아니다. 얼마 안 가 알게 될 거야."

해놓고 나는 Y군에게만은 고백해버리고 싶은 맹렬한 충동을 느꼈다. 그런데도 그 충동에 제동을 거는 강한 브레이크가 있었다. 그 브레이크가 뭣일까?

그것은 그 고백이 있었을 때 뒤이을 얼만가의 수탄장愁嘆場이라고도 할 수 있을 장면에 대한 예상이었다. 고백한들 결과엔 하등의 변경도 없을 것을, 고백했기 때문에 생겨나는 음습하고도 구질구질한 장면이 싫은 것이다.

그러나 이러한 마음의 갈등을 가슴속에 묻어놓고, 한가한 화제로 옮아갈 순 없다. 그래 나는 이렇게 물었다.

"Y군은 죽음을 생각해 본 적이 없나?"

"심각하게 생각한 적은 없어."

"그만큼 낙천적이란 말인가?"

"낙천적이랄 것까지도 없어. 그저 불모의 생각은 피하는 버릇이 있지."

"불모의 생각이라!"

"아무리 생각한들 죽음이란 사실은 엄연하니까 불모의 생각이 아니겠는가."

"그렇대서 생각을 포기할 수도 없는 거구."

"죽음에의 생각을 포기하지 않는 예가 불교 아닌가."

"불교나 기독교나 모든 종교는 그 사고, 아니 신앙의 바탕엔 죽음이란 것이 있다. 이를테면 죽음이란 문제에 압도된 사람들이 종교에 향하는 것 아닐까."

"그럴 테지."

"죽음으로부터 인생을 역산하는 마음의 노력이 종교라고 할 수 있는데 과연 종교가 우리들의 죽음을 보람 있는 것으로 해 줄 수 있는 건지 없는 건지."

"죽음에 있어서의 최대의 문제는 죽음에 대한 공포 아니겠나. 그 공포심을 경감해주는 효력은 있는 모양이야, 종교가."

"나는 요즘 박희영 군을 생각하고 있어."

"나도 가끔 생각하지. 기막힌 인간이었으니까."

"나는 박 군의 재능, 또는 인간성에 중점을 두고 생각하는 건 아냐. 암에 걸렸다는 선고를 받고, 기적적으로 살아나선 그 후 박 군은 초상이 난 친구들 집을 찾아다니며 시체의 염을 도맡아 하다시피 했다는 얘기가 아닌가. 나는 이제사 그 까닭을 알 것 같아. 박 군은 죽음과 친하려고 한 거야. 죽음을 일상생활 속에 집어넣어 평범한 작업의 대상으로 만들어버리려고 했던 거다. 그의 독실한 가톨릭의 신앙으로서도 넘어설 수 없었던 죽음이란 사실을 그런 작업으로 마스터하려고 하는 의지가 없고서야 무슨 까닭으로 초상을 찾아다니며 염하는 일을 도왔겠는가 말이다. 뒤에사 들은 얘기지만 친구의 집이 아니라도 자기가 살고 있는 동네에 초상난 집이 있기만 하면 찾아다녔다는 얘기더라. 그런데 우리는 박 군이 기를 쓰며 죽음의 공포를 넘어서려고 애쓰고 있을 때 그의 심중을 조금이라도 이해해주었느냐 말이다."

"자네 말을 들으니 박 군의 심정을 이해하지 못할 바는 아니다. 그러나 내 경우를 말해보면 나는 내가 한 일에 대해 회한만 없으면 비교적 안심하고 죽을 수 있을 것 같애. 공자의 말이 있지, 왜. 부모를 공경하는 데 불효함이 없었나, 친구와 사귀는 데 불신함이 없었나, 하는 따위의 말 말이다. 그렇게 반성해서 과히 어긋남이 없다고 생각하면 비교적 평온하게 죽을 수 있을 것 같은데 내겐 회한이 너무나 많아."

Y군의 그 말은 내게 결정적인 충격을 주었다. 부모에게 불효한 그대로, 친구들에게 폐를 끼친 그대로, 여자를 농락해서 불행하게 한 일을 그대로 두고는 안심하고 죽을 수 있을 것 같지 않다는 관념이 솟아난 것이다. 내가 잘못을 저지른 사람들에게 사과를 하고 그 용서를 빌고 용서를 받은 연후가 아니면 죽어도 눈을 감을 수가 없는 것이 아닌가.

돌연 침묵해버린 나를 의아한 눈초리로 바라보고 있더니 Y가 말했다.

"아까도 말했지만 죽음에 대해 생각하는 것은 불모의 사색일 뿐이다. 박희영 군처럼 초상집을 찾아다니며 염하는 직업을 거들어줄 수도 없는 일이고, 기껏 10년을 더 살지, 20년을 더 살지, 어쩌면 내일모레 어떻게 될지도 모르는 판이니 기왕에 잘못한 일이나 반성해서 가능하다면 그 죄를 보상하는 일을 하나 둘해나갈 수밖에 없는 게 아닌가 해. 한 달에 하나씩 마음으로부터 사과하고 행동으로 뭔가 표시해 나가면 앞으로 십 년을 사는 기간이 허용될 때 안심하고 죽을 수 있는 준비는 갖추어지는 것으로 되지 않을까?"

"자네 그런 일이 많은가?"

"치밀하게 반성하면 꽤 많을 거야. 그러나 자네나 나나 사람을 죽인 일이 없고, 남을 밀고한 적이 없고, 사기를 한 적이 없으니까 웬만한 노력만 하면 혹시 홀가분한 기분이 될지 모르지."

"내겐 엄청난 잘못이 너무나 많아."

"지나친 과잉 의식도 좋지 못한 거야."

"과잉 의식으로서 그러는 건 아니다."

"어머니의 병환으로 큰 충격을 받아, 그러는 모양인데 그런걸 잊기 위해서도 일을 해야 하네. 그런데 내가 오늘 찾아온 것은 S대학의 N교수를 끼어 우리 세 사람이 마르크스주의에 관한 심포지엄을 하자는 데 있어."

"마르크스주의에 관한 심포지엄?"

"그 아이디어를 낸 것은 자네 아닌가."

그렇다. 작년엔가 재작년 나는 그런 심포지엄을 제안한 적이 있다. 뭐니뭐니 해도 마르크스주의는 한반도에 있어서 무시 못할 문제로서 등장하고 있는 것이니 그 학설의 본연의 양태와 그 학설이 실제 정치에 전개된 상황과를 대비해서 철저한 비판을 함으로써 아직도 이 나라 지식인들의 심정에 투영되고 있는 일루션幻想을 청산해보자는 것이 목적이었다. 그러한 목적을 설정해보게 된 것은 어떤 사상이건 그것이 사상의 형태로 간직되어 있는 한 얼만가의 진실의 빛깔을 발하기는 하는데 정치 사상으로 화하기만 하면 왜곡되고 부식되어 이익보다는 해독을 더 많이 가진다는 사실을 확인해보고 싶어서였다. 예를 들면 유교 사상이 정치적 이데올로기로서 작용한 이조李朝의 부패, 가톨릭 사상이 정치적 이데올로기로서 작용한 서양 중세의 암흑상, 불교 사상이 정치적 이데올로기로서 작용한 인도차이나 삼국의 혼란 등을 전제로 해서, 마르크스의 사상도 정치화하면 예외가 아니라는 것을 소련과 북한 등의 실증을 들어 증명해보고 싶었던 것이다.

"반공의 나라에서 반反마르크스주의의 토론을 한다는 건 이것이 세계 수준에까지 못 갈 땐 창피만 될 것이니 여간한 각오와 실력을 겸비하지 않곤 불가능한 일이라고까지 자넨 말하지 않았나. 그런데 그것을 혼자서 서술하는 식으로 말고 세 사람이 전담하는 식으로 해나가면 그야말로 변증법적 방법으로써 동맥 경화증에 걸린 소련식 변증법을 분쇄할 수 있을 것이 아닌가."

Y는 내 태도가 아리송하자 이렇게 웅변이 되었는데 나는 얼마 남지 않은 앞으로의 시간을 그 일에 몰두해볼까, 하는 생각을

얼핏 가졌다가 곧 그 생각을 지워버렸다.

마르크스주의가 어떻게 되었건 죽어가는 나에겐 상관없다는 마음을 누르고 짧은 앞날을 나의 회한사悔恨事를 풀어나가는 데 사용해야겠다는 마음이 강력한 자리를 잡아버린 것이다.

"해보고 싶은 일이지만 지금 내겐 시간이 없어. 그 일은 자네가 맡아서 해보게. 반드시 보람이 있을 거라. 최근에 나온 프랑스의 신철학파의 의견도 참고가 될 것이니까."

"아냐, 이 일은 하려면 역시 자네가 중심이 돼야 해. 신철학파의 책을 읽어보고 놀란 것은 예증과 설명의 레토릭은 달라도 그 기본적인 사상 내용은 수년 전부터 짬이 있을 적마다 자네가 나에게 들려준 의견과 꼭 같더란 말일세. 프랑스의 학자가 쓴 책을 읽고 나서야 자네의 사상을 이해할 수 있게 되었다고 말하면 나 자신의 사대주의 근성을 폭로하는 꼴이 되는 거지만 정말 나는 놀랐어. 자네의 탁견에 정말 감복했어. 그러니까 자네가 이 심포지엄의 중심이 되어야 한단 말일세."

나는 뭔가 설명해야 하겠다고 생각을 더듬고 있는데 돌연 동통이 엄습해왔다.

내 얼굴이 Y가 보는 앞에서 추하게 일그러진 모양이다.

"자네 어디 앓고 있는 것 아닌가?"

Y가 조심스럽게 말했다.

"아냐. 가끔 위경련 증세가 있어."

"위경련이라구? 의사를 부를까?"

"필요 없어. 이 증세는 내가 잘 알고 있어. 아주 가벼운 위경 련이야. 잠깐 가만있으면 나아."

그래도 안심이 안 되는 듯 Y는 고개를 갸웃갸웃하고 있더니 날더러 방으로 들어가라고 했다.

어느덧 해가 기울어 뜰은 그늘에 덮여가고 있어 한기가 느껴지기도 했다. 나는 방으로 들어왔다. Y도 따라 들어와 자리에 누운 내 옆에 앉아 연거푸 담배를 두 대쯤 피우더니 일어섰다.

그러고는

"빨리 그 위경련인가 뭔가를 치료하라구. 심포지엄이란 원래 건강한 사람들끼리의 향연이야."

하는 말을 남겨놓고 떠나버렸다.

적막강산 나 혼자 섰노라.

아니 적막강산 나 혼자 누웠노라.

안팎으로 쏟아지는 눈물 자국 사이로 이런 푸념이 아른거렸다.

'회한사를 처리하는 일!'

Y의 말을 되씹고 있는 동안 내 마음속에 차차 계획이 짜여져 나갔다.

동통이 약간 둔화된 시간을 기다려 나는 일어나서 옷을 챙겨 입고 콜택시를 부르라고 했다.

먼저 어머니의 단골 병원으로 달려갔다.

어머니의 주치의를 만나 따져 물었다.

"어머닌 몇 달 동안 지탱할 수 있겠습니까?"

"대강 4, 5개월은 지탱할 수 있을 겁니다."

그길로 어머니를 찾아갔다.

어머니는 링거 주사의 바늘을 팔뚝에 꽂고 멍청하게 누워 계시더니 내가 들어가자 눈빛에 보일 듯 말 듯 생기를 띠었다.

"기분 어때요."

"그저 그렇다."

"배가 아프지 않습니까?"

"가끔 아프기는 하다만……."

하고 말을 끊었다가

"이 주사를 꼭 맞아야 하는 건가?"

하며 한숨을 섞었다.

"주사를 맞아야 기력을 유지할 것 아닙니까. 기력을 유지해야만 빨리 일어나실 있을 것 아닙니까."

어머니는 말이 없었다. 눈을 감았다. 눈두덩이 꺼진 흔적이 완연했다. 얼굴이 몰라보게 작아져 있었다.

"어머니."

하고 불렀다.

"응."

눈을 뜨지 않은 채 어머니는 답했다.

"주치의한테 갔다오는 길인데, 큰 위험은 없다고 해요. 그러니……."

어머니는 눈을 감은 채 있었으나 듣고 있다는 시늉을 했다.

"어머니 저 열흘 동안만 일본에 갔다 오렵니다."

"일본에?"

하며 어머니는 눈을 떴다.

"예, 일본에 꼭 갔다 와야 할 일이 있습니다."

"꼭 가야 할 일이 있다면 가거라."

"그럼 다녀오겠습니다."

"며칟날이지? 돌아올 날이 며칠이지?"

"양력으로 정월 5일이면 돌아옵니다."

"그럼 갔다 오너라."

"의사가 어머닌 안심해도 된다고 하니까 떠납니다만 병중에 계시는 어머니를 두고 아들이 여행을 한다는 건 안 되는 일인데."

하며 나는 울먹거렸다.

"그런 건 모두 구식 아닌가. 요새는 신식인께."

"어머니 병중인데 신식이니 구식이니가 있습니까."

"꼭 가야 할 일이면 가야지."

"갔다 오겠습니다."

"오는 날은 1월 5일이지?"

"예."

어머니의 손을 잡아보고 나는 바깥으로 나왔다. 중병인 어머니를 두고 명색이 장남인 내가 일본에 가겠다고 하니 모두들 민망한 눈으로 나를 보았다. 감히 불만을 말할 순 없어 표정으로 나타낸 것이다. 나는 출가한 몸인데도 어머니 때문에 친정엘 와서 밤낮 가리지 않고 간병에 열중하고 있는 누이동생을 조용히 불렀다.

"한 열흘 일본엘 다녀와야겠는데 어머닐 부탁한다."

"어머니한텐 내가 있는 것보다 오빠가 옆에 있는 게 훨씬 나을 텐데."

"내가 일본 가는 게 불만이냐?"

"그런 건 아녜요. 오죽 다급하시길래 가시겠어요."

"그렇다. 정말 다급하다. 지금 일본에 갔다 오지 않으면 나는 죽어도 눈을 감을 수가 없겠구나."

누이동생은 몸을 바르르 떨었다.

"죽는다는 말 마세요."

금방이라도 통곡을 터뜨릴 것 같은 말투였다.

"그만큼 다급하다는 얘기다."

"그럼 여기 일은 걱정 마시고 빨리 갔다 오세요."

나는 이 누이동생에게나마 내 사정 얘기를 털어놓으면 얼마나 시원할까 하는 마음으로 가슴이 메었다.

어머니에게 하직하고 나온 뒤 나는 곧바로 박영태란 의사를 찾아갔다. 그는 나의 제자였다. C동에서 큰 병원을 개업하고 있었다.

원행遠行을 해야 하는데 있어서 필요한 지시를 받을 겸, 내게 남은 시간을 확인도 해볼 겸 그를 찾아가기로 한 것이다.

그러자니 그에게만은 비밀을 털어놓지 않을 수 없었다. 내 말

을 듣자 박영태는 고개를 떨구고 있더니 한참 만에야

   '아아, 이럴 수가.'

하며 나직이 중얼거리곤 고개를 들었다. 눈엔 이슬이 맺혀 있었다.

   "오늘 밤 이 병원에서 주무실 요량하시고 한번 철저하게 조사를 해보십시다. 종합 병원에 있는 시설은 거의 다 있습니다."

했지만 나는 H대학교병원에서 이미 정밀 검사를 했다고 하고,

   "대강 앞으로 얼마만큼 살 수 있는지, 그리고 여행 중 급한 일을 당하지 않도록 하기 위해선 어떻게 하면 좋은지 그것만 알려 달라."

고 부탁했다.

   "그러기 위해서라도 진찰을 해봐야죠."

하고 박영태는 먼저 H대학교병원에서 나를 진찰한 의사에게 전화를 걸었다. 저편으로부터 상당히 긴 말이 있었다. 내겐 들리지 않았다.

   전화를 끝낸 박영태는

   "여행은 절대로 금물이라고 합니다. 특히 간의 장애는 다른 부위완 또 달라 예상을 할 수 없습니다. 간 경변으로 언제 돌아가실지 모르는 일이니까요."

하곤

   "마지막 시간이나마 조금이라도 편히 계시기 위해선 제 병원에 입원하고 계시는 게 좋을 겁니다."

하고 애원하다시피 했다.

그래도 나는 듣지 않고 구급으로 쓸 약과 주사약이든 작은 통 하나를 얻어 들고 병원을 빠져나왔다. 뒤쫓아 따라나온 박영태는 자기 차에 나를 태우고 자기도 같이 탔다. 차 안에서 구급이 필요할 때 해야 할 일을 설명하기 위해서였다.

"우리에겐 청춘이 없었다."

입버릇처럼 내가 하고 있는 말이지만 청춘의 단편斷片마저 없었을 까닭이 없다. 그러나 그 청춘은 이지러진 청춘, 병든 청춘, 그러기에 결국 회한의 씨앗만을 뿌리게 된 청춘일밖에 없었다.

나는 뿌린 씨앗을 거두기 위해 일본으로 건너가기로 했다. 37년 전 뿌려놓은 씨앗을 거두기 위해 가는 것이다. 설혹 그것이 바람을 심어 폭풍우를 거두는 엄청난 고역이 되더라도 나는 그것을 감당할 각오를 다짐했다.

물론 나의 회한사는 한두 가지가 아니다. 그 가운데서도 가장 강렬하게 아픔을 주고 있는 그 일부터 먼저 해결해야겠다고 믿고 나선 것이기는 하지만 구체적으로 어떻게 해야겠다는 작정이 서 있었던 것은 아니다.

1979년 12월 25일.

흐린 하늘을 향해 날아오른 비행기 속에 내가 있었다. 문득 영혼의 비상飛翔이란 관념을 얻었다. 사람이 죽으면 영혼은 허공 위로 날아가고 육체는 흙 속에 묻힌다는……

작아져 가는 하계의 풍경을 나는 영영 지상을 떠나는 사람의 눈으로서 보려고 했다. 흐린 하늘 아래 약간의 농담을 섞은 단 일빛 회색인데도 어쩌면 그렇게도 다소곳이 아름다울 수가 있을까.

마음을 가다듬고 떠날 때의 산하의 그 아름다움이여. 지금 노래 하지 않는 나의 마음은 영원한 가쁨을 노래하기 위해서다. 지금 꽃 피지 않는 나의 마음은 영원한 젊음으로 빛나기 위해서다.

누가 쓴 노래이건 아랑곳없다. 내 마음은 그 노래를 절창하고 있었다.

하계가 구름으로 덮이고 말았을 때 나는 의자를 뒤로 젖히고 눈을 감았다. 어젯밤 크리스마스이브를 같이 지낸 소녀의 얼굴이 떠올랐다. 나이는 30세를 넘어 있었지만 내게는 소녀로밖엔 여겨지지 않는 그 여인은 술을 마시지 않는 나에게 이렇게 말했다.

"크리스마스이브를 경건하게 지내자는 건가요?"

이에 대한 나의 대답은

"술을 마신다고 해서 경건하지 않는 건 아니지 않은가."

"그럼 왜 술을 드시지 않으려는 거죠?"

"취하기가 싫어. 깨어 있고 싶어. 일 초 일각도 소홀히 하고 싶지 않아."

"돌연 그런 생각은 왜 하셨죠?"

"언제 죽을지 모르니 살아 있는 동안만이라도 깨어 있는 마음으로 니와 같이 있고 싶어."

"죽는 얘긴 안 했으면 좋겠어요."

"나도 그러고 싶어. 백 살까지라도 살아 나는 널 지켜보고 싶어."

"백 살까지 사세요. 그럼."

"그런데 그게 마음대로 되나, 뭐."

"절 위해서도 오래오래 사셔야죠."

"나도 그럴 생각이었어."

"그럴 생각이었어가 아니고 그럴 생각으로 있어야 해요."

"난 요즘 묘한 생각을 하고 있어."

"어떤?"

"나는 내 죽음은 감당할 수가 있을 것 같애. 내가 죽는 거니까. 그런데 먼 훗날 네가 죽을 거라고 생각하니 감당 못할 심정이 돼. 저게 어디서 어떻게 죽음을 당할 것인가, 하고 생각하니 견딜 수가 없단 말이다."

"이상하네요. 어머니가 중병이시니 충격을 받으신 것 아녜요? 어머니가 돌아가실까 봐서."

"아냐, 어머니의 죽음은 걱정 없어. 내가 지켜보아드릴 테니까. 걱정은 너야, 너."

"그러니까 오래 살아주셔야죠."

"아무리 오래 산대두 너의 죽음을 지켜볼 수는 없잖겠나."

"실컷 오래 사시기만 하면 나도 나의 죽음을 감당할 정도로 성숙할 거예요."

"그럴까?"

소녀는 네 살 때 아버지를 여의고 편모 밑에서 자랐다. 소녀 8세 때 어머니는 개가를 했다. 소녀는 의부를 모시게 되었다. 그런데 그 의부가 다시없는 사람이었다. 명문 대학까질 졸업시키는 등 귀하게 키웠다.

의부는 소녀가 좋은 신랑을 만나기를 원했다. 친사위 이상으로 그 사위를 소중하게 하리라고 마음을 먹고 기대도 했다. 그러던 차에 나라는 인간이 나타났다. 소녀는 결혼하길 기피했다. 그리고 소녀인 그대로 나와 함께 크리스마스이브를 지내고 있는 터였다. 같이 지낸 크리스마스가 몇 번이나 될까. 나는 그와 같은 상황이 허용하는 범위를 꽉 차게 소녀의 행복을 보장해주어야 하는 것이었다. 그런데 나는 그 마음의 맹세를 다하지 못하고 죽음을 맞이해야만 되게 되었다. 그런데도 사실을 말할 수가 없고 그렇다고 해서 예고도 없이 훌쩍 죽어버릴 수도 없고 해서 엉뚱한 화제를 놓고 빙빙 돌고 있었던 터였다.

생각하면 그 소녀의 문제 이상으로 나에게 심각한 문제는 없을 것이었다. 그런데 또 하나 마음에 걸리는 게 있어 이렇게 동경東京을 향해 날아가고 있는 것이다.

'나쁜 놈이다, 나는.'

하고 되뇌어보지만 나는 나를 심하게 책할 수가 없다. 60세를 못 다 채우고 죽어야 할 스스로의 운명이 너무나 가련해서다.

"나 요즘 착하죠."

언젠가 소녀가 한 말이다. 처음에 무슨 뜻인질 몰랐다. 소녀의 그 말 끝에 잇따른 애매한 표정을 읽고서야, 겨우 그 뜻을 알았다. 당연한 요구였다. 소녀는 정당한 스테이터스를 보장해주길 한동안 강하게 요구했다. 당연한 요구였다. 그리고 그런 요구를 하는 것 자체를 나는 고맙게 생각해야 할 처지이기도 했다. 그런만큼 그런 요구를 해올 때마다 나는 진땀을 뺐다. 지옥의 고통이란 이런 것이로구나, 하는 생각에까지 미쳤다. 나는 발광 직전에까지 갔다. 소녀에게 대한 사랑이 지극할수록 그 지옥의 빛깔은 격렬했다. 그랬는데 언제부터인가 소녀는 보채길 그만두었다. 어린 소녀가 나이 많은 악당을 봐주기 시작한 것이다. 나를 둘러싼 복잡한 사정을 지레짐작하고 내게 고통을 주지 않길 결단한 것이다. 그러니 다음과 같은 말이 있지 않을 수 없었다.

"착해, 착하구 말구."

"제 스스로도 놀라고 있어요. 왜 이렇게 내가 착하게 되었나 하구요."

나는 그 착한 소녀의 환상을 억지로 지워버리고 의자를 곧추세웠다.

1980년용으로 된 조그마한 수첩을 꺼냈다. 그리곤 1980년 5월 5일의 난에 O표를 했다. 어머니가 돌아가실 날을 주치의의 말을 근거로 그렇게 예상해본 것이다. 이어 열흘쯤 뛰어 5월 15일의 난에 또 하나의 ○표를 했다. 이것은 내가 죽을 날의 예상표였다. 무슨 수를 써서라도 금강불괴金剛不壞의 힘을 발휘하여 어머니가 돌아가시고 난 뒤 10일 동안은 내 생명을 지탱해야 하는 것이다. 이러한 뜻이 관철된다고 치면 어머니가 생존해 계실 날은 꼬박 100일, 내가 살아 있을 날은 110일이 된다. 110일이면 결코 짧은 날이 아니다. 잘만 하면 어쭙잖게 넘겨버릴 수도 있는 10년 동안의 작업량을 집약적으로 완수할 수도 있을 것이 아닌가. 하나 이것은 반딧불처럼 허약한 빛일 뿐이다. 그걸 둘러싼 어둠은 너무나 짙다. 그래도 나는 그 반딧불처럼 허약한 빛의 조명 아래 '헬렌 켈러' 여사의 다음과 같은 글귀를 읽을 수가 있었다.

'사흘 동안만 이 지구를 볼 수가 있었으면!'

헬렌 켈러는 사흘 동안만 이 지구의 풍물을 볼 수 있었으면 원도 한도 없겠다고 했다. 그런데 내 앞엔 장장 110일이란 시간이 펼쳐져 있지 않은가.

선뜻 돌린 시선이 은빛 비행기 날개를 비추고 있는 태양 광선을 보았다. 어느덧 구름은 사라지고 없었다. 눈 아래 푸른 바다가 보였다.

'37년 전을 향해 날아가고 있는 비행기가 지금 동해를 건너고 있다.'

얼마지 않아 일본에 도착하는 것이다.

'나의 심판은 가까이 왔다!'

최후의 심판이란 관념이 솟았다.

이윽고 나는 심판정에 서게 될 것이다. 그 최후의 심판정에서 나는 어떻게 공술할 것인가. 나는 최후의 심판정에서의 검사의 눈으로서 37년 전의 사건을 점검해볼 필요를 느꼈다.


1943년 4월 초순의 어느 날 성 모成某란 불량 학생이 관부 연락 선關釜連絡船에서 내려 많은 손님들과 함께 시모노세키 역下關驛의 플랫폼 위를 걸어가고 있었다. 거긴 동경행 열차 츠바메 호燕號가 대기하고 있었다. 그 열차는 7시 10분에 출발할 예정이었다.

불량 학생은 그 기차에 올라 차량마다를 한 바퀴 돌고 다시 플랫폼에 내려섰다. 열차 안에 빈자리가 많이 있었는데 동경으로 갈 목적을 가진 불량 학생이 다시 내려버렸다는 데 이 불량 학생의 불량성이 나타나 있는 것이다. 그 이유는 불량 학생은 예쁜 아가씨, 또는 여학생 옆에 앉고 싶었는데 자기의 마음이 끌릴 만한 여자도 없거니와 여자 옆이나 맞은편 자리엔 앉을 수가 없었다는 데 있었다.

불량 학생은 다음의 급행, 즉 8시 10분발 열차를 탈 작정을 하고 역에서 빠져나와 바로 역 앞에 있는 산요山陽 호텔의 레스토랑으로 들어갔다. 레스토랑에서 카레라이스를 먹고 커피를 마신 뒤 불량 학생은 다시 역으로 들어가서 플랫폼을 나섰다. 그때 8시 10분 출발 예정인 열차가 말쑥이 소제된 빈 차량을 이끌고 들어오고 있었다.

불량 학생은 수월하게 자리를 잡을 수가 있었다. 좌석은 마주 보고 4인이 앉게 돼 있었는데 불량 학생은 적절한 자리를 차지한 후, 나머지 세 자리에 각각 책을 얹어놓았다. 달갑지 않은 손님을 앉히지 않게 하기 위한 수단이었다.

7시 10분의 열차가 주로 관부 연락선에서 내린 여객을 싣고 가는 것이라면 8시 10분은 관문 연락선關門連絡船에서 내린 손님을 싣고 가게 돼 있었다. 그러나 그 당시의 열차 표는 10일쯤의 여유를 두고 행선지만 확실하면 어떤 열차를 타도 좋게 돼 있었다. 도중하차도 물론 자유이며 좌석의 지정도 없었다. 불량 학생이 쳐놓은 덫에 걸릴 아가씨는 관문 연락선을 타고 왔다. 하선下船이 늦었던 관계로 그 아가씨는 출발 5분 전쯤에 열차를 탔는데 그때까지 불량 학생이 잡아놓은 좌석엔 아무도 앉지 않고 있었다. 불량 학생은 그 아가씨가 가까이 오는 것을 확인하자 빈 좌석에 올려놓았던 책을 얼른 치워버렸다. 아니나 다를까 불량 학생 하나만이 앉아 있을 뿐인 세 자리가 텅텅 비어 있는 그곳이 아가씨의 눈을 끌었다.

"여게 앉아도 될까요?"

아가씨가 정중하게 물었다.

"비어 있습니다."

하고 불량 학생은 짤막하게 대답했다.

아가씨는 그 자리에 앉을 양으로 트렁크를 짐칸에 얹으려고 했다. 불량 학생은 얼른 일어나 그 무거운 트렁크를 받아 짐칸에 올려주었다.

"고맙습니다."

하고 아가씨는 불량 학생이 고마워서 안절부절못하는 기분으로
되었다.

"천만에."

하곤 불량 학생은 바로 맞은편에 앉은 아가씨에겐 아무런 관심
도 없다는 듯 꾸미고 책을 읽기 시작했다. 그러는 동안 불량 학
생의 옆에 통로 쪽으로 노인이 앉고, 건너편 아가씨의 옆엔 노인
의 부인으로 보이는 노파가 앉았다.

기차는 이윽고 출발했다.

아가씨도 백에서 문고본을 꺼내어 책을 읽기 시작했다. 그 문
고본은 시가 나오야志賀直哉란 작가가 쓴《구니코邦子》란 소설이었
다. 불량 학생의 비상한 시력이 포착한 것이다.

불량 학생은 책 읽기에 열중하고 있는 체하면서도 맞은편 아
가씨를 세밀하게 감정하고 있었다. 18, 19세? 뺨에 약간의 분홍
색을 띠고 얼굴은 수밀도水蜜桃를 닮아 청결했다. 옷은 일본의 재
래식 기모노를 입었는데 하부타에羽二重란 값진 비단은 달걀색이
었고 그 위에 창포菖蒲의 무늬가 우아하게 새겨져 있는, 가난한
사람들은 엄두에도 못 낼, 그런 차림이었다. 게다가 시가 나오야
를 읽고 있다는 것은 여학교 이상을 졸업했다는 교양 정도를 말
해 주는 것이기도 했다. 시가라는 작가는 일본 문단에선 최고의
작가로서 존경받고 있는 사람이었지만 일반 대중관 먼 거리에

있었다. 그의 문학의 순도가 너무나 높기 때문이다.

불량 학생은 이러한 감정 결과 80점쯤으로 채점을 해놓고 그 아가씨를 유혹할 계획을 세웠다. 기차간에서 여자를 유혹하려면 우선 타이밍이 필요한데 타이밍을 하자면 상대방의 행선지를 알아야 한다. 행선지를 알고 나서야 시간을 재고 적당한 유혹방법을 사용할 수 있는 것이다.

그런데 행선지를 알기란 그다지 어려운 일은 아니었다. 열차가 이와쿠니岩國 근처를 달리고 있을 때 차량이 검표를 했다. 여자의 행선지는 기후岐阜였다. 열차가 기후까지 가려면 줄잡아 14시간은 걸린다. 오사카大阪까지 12시간, 도쿄까진 24시간이 걸리는 당시였다. 불량 학생은 대강의 계획을 세웠다.

히로시마廣島까진 아무 말도 안 한다. 시모노세키에서 히로시마까진 네 시간의 거리다. 히로시마를 지난 지점에서 말을 걸되 극히 짤막한 몇 마디를 하고, 거게서 또 네 시간이 걸리는 오카야마를 통과하고 나서 본격적인 유혹을 해선 오사카에서 도중하차한다. 오사카까지 그 공작이 성공하지 못하면 교토京都까지 갈 동안 노력해본다. 그래도 안 되면 포기하고 자기만 교토에서 하차한다. 시모노세키로부터 도쿄로 갈 때 오사카에서나 교토에서 도중하차하여 2, 3일 쉬어가는 것이 불량 학생인 성 모의 그 당시의 버릇이었던 것이다.

열차는 히로시마를 통과하고 있었다.

불량 학생은 읽고 있던 책을 덮어놓고 기지개를 폈다. 그러고는 옆에 앉아있는 노인에게 물었다.

"어디까지 가십니까?"

"홋카이도까지 갑니다."

하는 대답이었다.

"홋카이도? 먼 곳으로 가시는군요."

"우리는 거게서 살고 있소. 친척이 죽었다기에 잠깐 고향엘 다녀가는 길이오."

이어 홋카이도에 관한 질문을 하고 아가씨에게 물었다.

"아가씬 어디까지 가시죠?"

"기후까지."

"댁이 거겝니까?"

"아아뇨, 제 언니가 살고 있어요."

"언니 집에 다니러?"

"그래요. 언니가 어린애를 낳았다고 해서 축하 겸 가보는 거예요."

그 이상 얘기를 끌어서는 안 되는 것이다. 상대방에게 경계 의식을 일으키기 때문이다. 불량 학생은 다시 책을 집어들었다. 이렇게 되면 상대방이 살큼 실망한다는 것도 알고 있다. 지루한 여행길에 말동무가 생겼다 싶었는데 다시 침묵해버리니 다소 실망하지 않을 수가 없는 것이다.

불량 학생은 한참 동안 책을 읽는 체하다가 일어서서 짐칸에서 백을 내려 '드롭스' 통을 꺼냈다. 그러곤 드롭스를 몇 개씩 노인 부부에게 먼저 나눠줬다.

"요즘 이런 걸 구하기란 어려울 텐데, 고맙습니다. 학생."

하는 노인 부부의 감사는 극진했다. 아닌 게 아니라 그 당시는 감미품<sup>甘味品</sup>이란 귀할 때였다.

"아가씨도, 자."

하고 네댓 알을 건네주었다.

"고맙습니다."

여자는 불량 학생의 호의에 몸둘 바를 모르겠다는 그런 기분으로 된 것 같았다. 지금은 몰라도 옛날의 일본 여성은 남으로부터 호의를 받으면 이편이 당황하리만큼 고마움을 표시한다.

그러고는 말없이 불량 학생은 책을 바꾸어 읽기까지 하며 오카야마까질 무료한 시간을 견디었다.

오카야마를 지나고 나서야 본격적인 공작이 시작되었다. 불량 학생은 아가씨가 읽고 있는 책에 관해서 말을 걸었다.

"그 책 재미있어요?"

"글쎄요."

"시가 나오야를 이해하실 수 있다면 대단하시군요."

"이해한다는 정도까지야."

하며 아가씨는 얼굴을 붉혔다.

"이해하도록 노력해야죠. 시가 나오야는 일본인이 자랑할 만한 훌륭한 작가입니다."

하고 불량 학생은 시가 문학에 대한 소상한 설명을 하곤

"지금 아가씨가 읽고 있는 그《구니코》란 작품만 해도 대단한
겁니다."
하고 상대방의 호기심을 끌었다.
　"그저 평범한 얘기를 적은 것 같은데 이게 그처럼 대단할까
요?"
　"대단하다뿐입니까. 그런 평범한 얘기 가운데서, 드라마를 발
견했다는 것도 대단하거니와 그 담담한 묘사가 기막히지 않습니
까."
　"전 잘 모르겠어요."
　"그럼 설명해드릴까요?"
　"설명해주시면 고맙겠어요."
　아가씨의 눈빛에 생기가 돌았다 불량 학생은 천천히 설명하기
시작했다.
　"그 작품에 등장하는 부부는 둘 다 호인입니다. 거짓말을 할
줄 모릅니다. 그렇죠?"
　"네, 네, 그래요."
　"그러면서도 상대방을 지극히 사랑하고 있죠?"
　"그래요."
　"아내는 남편을 너무나 사랑하고 있기 때문에 혹시 남편이 나
와 결혼한 것을 후회하고 있지나 않을까 하는 불안을 느끼게 됩
니다. 바깥에서 돌아온 남편의 얼굴에 수심이 끼었다든가, 눈살
을 찌뿌리고 있다든가, 하면 그런 불안이 더욱 강하게 느껴지기

도 하구, 그래서 아내가 남편에게 묻는 겁니다. 당신 나와 결혼한 걸 후회하고 계시는 것 아녜요? 하고, 그런데 남편은 너무 정직하거든요. 후회 안 해, 해놓고도 단정적으로 그 의사를 표현하지 못하는 겁니다. '글쎄' 하는 기분으로 되어 마음의 어느 부분엔 불만이 없지 않다는 것을 발견하여 우물쭈물하는 거죠. 그러면 아내가 또 추궁합니다. 당신은 나와 결혼한 걸 후회하고 옛날에 사귀었던 여자 생각을 하고 있는 게 아니냐고. 그런 추궁을 받고 보면 남자는 옛날 사귄 여자를 가끔 생각하기도 하는 스스로를 발견하곤 그런 일이 없다고 잘라 말할 수가 없게 됩니다. 또 반대로 남자는, 늙어가는 스스로에게 열등의식 같은 것을 느끼게 되어 이런 남편에 대해 아내가 불만을 느끼지 않을까, 하는 생각을 하게 됩니다. 그래서 묻는 겁니다. 당신, 거리에서 젊은 미남자美男子를 보면 마음이 끌리지 않더냐고. 여자 역시 너무나 정직하기 때문에 그런 일이 없다고 단언할 수 없게 됩니다. 남편의 추궁이 심할수록 자기 마음속에서 잡스러운 관념을 발견하게 되는 거죠. 그렇게 해서 그 부부 사이는 점점 벌어져 사랑에서 시작한 싸움이 끝끝내 두 사람의 파멸로 이끌어가는 겁니다!"

"그랬어요. 꼭 그대로였어요."

아가씨는 불량 학생의 요령 있는 분석에 감탄했다. 힘을 얻은 불량 학생은

"이 작품을 통해서 우리는 지극한 사랑이 사랑을 파괴할 수도

있다는 것을 알게 됩니다. 너무나 정직하기 때문에 행복의 성을 파괴한다는 것도 알 수가 있습니다. 남자와 여자 가운데 한 사람이라도 거짓말을 할 줄 알았다면 《구니코》의 비극은 방지할 수가 있었던 겁니다. 그렇게 생각하지 않으세요?"

"듣고 보니 그러네요. 참 그러네요."

아가씨의 말엔 감격의 빛깔이 섞였다. 이때 불량 학생은 한술을 더 떴다.

"비극은 악惡으로 비롯된 것만은 아닙니다. 아리스토텔레스는 비극을 다음과 같이 정의했죠. 비극은 선과 악의 갈등이 아니고 선과 선, 즉 양립하는 선의 갈등이라고. 좀 어렵나요?"

"어려워요."

"그럼 다시 설명하죠. 좋은 사람과 나쁜 사람이 있다고 칩시다. 그 두 사람이 싸운다는 건 비극이 아니다, 이 말입니다. 좋은 사람이 반드시 이겨야 하고 나쁜 사람이 져야 하니까요. 그런데 세상엔 왕왕 나쁜 사람이 이기고 착한 사람이 지기도 하죠. 그러나 이건 경우에 어긋난 일이기는 해도 비극은 아니라고 아리스토텔레스는 생각하는 겁니다. 착한 사람과 착한 사람, 즉 정의正義와 정의 싸움이란 것도 있습니다. 이를테면 아테네와 스파르타의 싸움 같은 것이죠. 아테네 인은 자기 나라를 위해 싸웁니다. 스파르타 인도 그렇습니다. 각기 자기 나라를 위한다는 정의와 애국심을 갖고 역시 자기 나라를 위하는 정의와 애국심을 가진 사람들과 싸우는 겁니다. 이럴 때 국외局外에 있는 사람들은 어느

쪽에도 편을 들 수가 없습니다. 그런 상황을 비극이라고 한다는 겁니다. 《구니코》의 경우가 그렇죠. 남편도 좋은 사람이며 아내도 좋은 사람입니다. 그런데도 갈등이 생겨나는 겁니다. 시가 문학志賀 文學이 훌륭하다는 것은 이러한 평범한 생활 속에 본질적인 비극이 싹틀 수 있다는 걸 격조 높은 문체로써 표현했다는 점에 있는 겁니다. 아셨죠?"

"잘 알았어요. 정말 잘 알았어요."

불량 학생은 수줍은 웃음을 띠면서도 이 정도만이라도 아가씨를 유혹할 수 있는 터전을 마련한 것이라고 속으론 악마적인 웃음을 웃었다. 그리고 다음의 단계로 옮아가야 하는데 그러기 위해선 얼마 동안의 사이를 두어야 한다는 것도 이 불량 학생은 알고 있는 것이다.

그런데 아가씨로부터의 질문이 있었다.

"《구니코》를 읽은 사람은, 아니 이걸 읽고 그 뜻을 잘 이해한 사람은 그런 비극에 사로잡히지 않겠죠?"

"그럴 테죠. 그렇게 되어야 하는 거죠. 그런데 사람이란 것은 좀처럼 독서와 체험에서 얻은 교훈을 활용하지 못하는 겁니다. 그래서 꼭 같은 비극을 되풀이하기도 하는 겁니다. 라 비 에 미제라블! 인생이란 그러니 비참한 겁니다. 그래서 문학이 소중하기도 한 거죠."

"전 문학이란 얘기를 꾸며놓은 거로만 알았어요. 특히 소설은요."

"얘기를 꾸며놓은 것이라고 할밖에 없는 소설도 많지요. 그러나 문학으로서의 소설은 왜 그런 얘기를 꾸미지 않을 수 없었던가 하는 정념情念과 사상思想이 표현되어 있는 얘기라야만 하는 겁니다."

하고는 물었다.

"아가씨가 읽고 가장 감동한 소설은 뭡니까?"

여자는 고개를 갸웃하며 창밖으로 눈을 돌렸다. 불량 학생도 그 시선을 좇았다. 거겐 기막힌 풍경이 전개되어 있었다. 보랏빛 베일을 쓴 것 같은 봄 바다가 멀게 가깝게 섬島을 점철하곤 그림처럼 꿈처럼 펼쳐져 있었다. 열차는 세토나이카이瀨戶內海를 오른편으로 끼고 달리고 있었던 것이다.

그 풍광에 마음을 빼앗긴 그는 불량한 학생일망정 일순 헛된 야욕을 품은 스스로를 부끄럽게 생각했다. 그러나 다음 순간 자기가 떠나온 고향의 삭막한 경치와 지금 눈앞에 전개되어 있는 풍광과를 비교해보는 마음으로 되자 질투라고 하기에도, 미움이라고 하기에도 어긋나지만 그와 비슷한 감정의 빛깔이 섞인 묘한 심리 상태로 변해갔다.

해안까지의 전원은 장방형長方形으로 경지 정리가 된 논과 밭이며 거겐 보리가 탐스러운 푸르름으로 담요처럼 깔려 있기도 하고, 샛노란 유채의 꽃이 눈부신 꽃 무리를 이루고 있는가 하면 울창하게 숲을 가꾼 동산이 나타나기도 하다가 검은 기와 하얀 벽의 농가들이 낙원을 꾸며놓기도 했다.

불량 학생이 떠나온 고향은 벗겨진 산이 피부병이 걸린 살결을 그냥 드러내놓은 듯했고, 들은 질서도 맥락도 없이 꾸불꾸불한 논두렁으로 구획되어 볼품이 없었으며, 시내는 돌자갈의 바닥을 드러내어 소 오줌살 같은 물길을 뻗고 있었을 뿐이며, 산허리에 졸고 있는 초가지붕의 취락들은 고목의 뿌리를 에워싼 버섯밭처럼 을씨년스러웠던 것이다.

불량 학생은 앞에 앉은 아가씨에게 시선을 돌리며 유혹의 결정적인 방법을 모색하기 시작했다. 동시에 아까 아가씨에게 한 질문이 대답을 받지 않은 채 그냥 남아 있다는 것을 상기했다.

"왜 대답을 안 하지?"

"기쿠치 칸菊池寛의 〈은수恩讐의 저편〉이란 소설입니다."

망설임 없이 이렇게 대답한 것을 보면 그동안에 그 답을 준비하고 있었던 탓이었을 것이다.

기쿠치 칸은 지금에사 대중 소설을 쓰는 통속 작가로 타락해 버렸지만 그의 초기엔 꽤 깔끔한 작품을 썼다. 〈은수의 저편〉이란 소설도 그의 초기의 소설이다. 아가씨가 자기가 읽은 가장 감동적인 소설이라고 해도 교양의 바탕을 얕뵈게 하는 그런 것은 아니었다. 그 줄거리는 이렇다. 원수를 만나고 보니 그 원수는 자기의 죄를 속죄할 양으로 너무나 지세가 위험해서 사람의 왕래가 곤란한, 그러나 그곳을 지나지 않곤 목적지에 갈 수가 없는 난소難所에 끌과 정으로 터널을 파고 있었다. 사람의 일념은 무서운 것이어서 침식을 잃고 암벽을 파길 십수 년, 몇 해만 더하면

굴은 관통될 상태에 있었다. 추적자는 드디어 원수에 대한 미움을 잊고 원수와 더불어 협력하여 그 터널 관통을 완수시킨다는 얘기니, 읽는 사람을 감동시키기에 충분한 것이다.

"그 작품은 충분히 감동적이지."

하며 불량 학생은 아가씨의 감상력이 대단하다고 추켜주었다.

아가씨는 그 평이 반가운 듯 용기를 내어 물었다.

"기쿠치 칸 선생하고 시가 나오야 선생, 어느 편이 더욱 훌륭할까요."

"작가로서?"

"예, 문학자로서요."

"그렇다면 비교가 안 되지. 시가 나오야가 월등해요. 시가를 금金이라고 치면 기쿠지는 구리쇠銅라고나 할까."

이런 설명이 아가씨는 납득이 안 가는 모양이었다.

불량 학생은 더욱더 소상한 설명을 보태지 않을 수가 없었다.

아가씨가 겨우 납득하는 것을 보자 불량 학생은

"시가가 아무리 훌륭한 작가라고 해도 그건 일본 내에서의 평가일 뿐 세계적인 시야에 서면 존재도 없는 작가요."

하고 아가씨의 마음에 충격을 줄 양으로 과장된 말을 썼다. 그러고는 톨스토이, 괴테, 발자크, 위고 등 작가들의 이름을 생각나는 대로 들먹여 그들의 위대함을 설명하고 상대적으로 시가를 비롯한 일본의 작가들을 낮춰 평가했다.

"일본이 뭐라고 해도 동해에 있는 조그만 섬나라에 불과한 거요. 프랑스와 영국, 독일에 비하면 그야말로 미미한 존재이며, 오늘날 중국을 점령하고 위세를 보이고 있으나, 싸움에 강하다는 게 무슨 자랑이나 되는 줄 아시오? 자랑할 것은 문화요, 문화. 문화가 뒤떨어져 있으면 아무리 전쟁에 강해도 야만국일 밖에 없는 거요."

이 대목에서의 불량 학생의 말소리는 바로 옆자리의 사람만 들을 수 있을 만큼 낮았다. 아가씨는 귀를 불량 학생의 입 가까이에 대놓고 전신을 긴장하고 있었다. 불량 학생은 바로 눈앞에 있는 아가씨의 귀를 보며 소연해지는 관능을 느꼈다. 아가씨의 귀는 진주모색眞珠母色으로 투명하게 보였다. 두텁지도 얇지도 않은 귀는 모양 좋은 조개를 닮아 속발俗髮로 흘러 있는 머리칼을 가볍게 받으며 다량의 속삭임을 기다려 다소곳이 열려 있는 것이다.

신랄하게 일본을 욕하는 말이 일본을 신국神國이라고 믿도록 하는 교육을 받고 자랐을 아가씨를 혼란에 빠뜨리지 않을 까닭이 없다. 아가씨의 얼굴에 겁을 먹은 듯한 표정이 돋아났다. 불량 학생은 거기서 말의 방향을 바꾸고 한탄 조가 되었다.

"왜 무궁한 장래를 가진 우리 젊은 사내들이 죽어야 하느냐 말이오."

죽어야 한다는 말에 아가씨의 얼굴이 새파랗게 질렸다.

"그렇지 않소? 우리는 지금 학교에 다니고 있으니까 망정이지 학교를 졸업하면 병정에 가야 하오. 병정으로 가면 죽게 마련이오. 그래서 우리는 인생 25년이라고 한다오. 내 나인 지금 22세요. 그러니 이 지상에 살아 있을 날이 3년밖엔 안 된다는 얘기죠."

아가씨는 눈을 둥그렇게 뜨고 불량 학생을 쳐다볼 뿐이었다.

"아가씨의 고향에서도 많은 젊은 사람들이 전쟁터에 나갔죠? 전사한 사람도 많죠?"

아가씨는 말없이 고개만 끄덕였다.

"전쟁은 자꾸만 치열하게 될 거요. 젊은 사나이들은 자꾸만 죽을 거요. 젊은 남자들이 한 사람도 남지 않게 될 때, 그때 전쟁은 끝날 것이오."

불량 학생은 당시 전쟁에 나갈 예상을 하지 않아도 되었다. 한국인이었으니까. 병역의 의무가 없었으니까. 그런데도 이런 말을 한 것은 아가씨의 심정을 극도로 감상화感傷化해서 무저항 상태로 만들어버리기 위한 수단이긴 했다. 그러나 전연 그런 예상을 해볼 필요가 없었던 것은 아니다. 정세의 강요에 따라 언제 어떻게 전쟁터에 끌려갈지 모르는 흉조가 차츰 싹트기 시작하고 있었던 때였으니까.

불량 학생은 더욱더 그 불량성을 발휘해선 스스로가 속한 세대가 얼마나 불행한가에 대해서 나지막한 소리로 설명해나갔다.

"살아 있었으면 베토벤 이상의 음악가가 되었을 친구도 죽었소."

"살아 있었으면 괴테 이상의 문학자가 되었을 친구도 죽었소."

"그 기막힌 재능, 빛나는 젊음이 대륙의 두메, 태평양의 해저에서 죽어갔단 말이오."

"그런 사람들에게 비하면 나 같은 형편없는 존재쯤은 죽어 없어져봤자 아쉬울 것도 아까워할 사람도 없겠지만……."

이때 아가씨는 소매에서 손수건을 꺼내 눈을 가렸다. 자기도 모르게 눈물이 쏟아질 뻔했던 모양이다.

열차는 구라시키倉敷를 지나고 있었다. 불량 학생은 그 이상의 말이 필요 없다고 느꼈다. 오사카가 가까워질 때 같이 내리자고 한마디 하면 그만일 것이라고 생각했다.

석양이 비끼기 시작한 창밖의 풍경을 슬프고 슬픈 얼굴로 눈을 허허하게 뜨고 보고만 있으면 될 것이었다.

이런 계산을 한 불량 학생은 고베神戸에 도착할 때까지 한마디도 하지 않았다. 아가씨는 뭔가 위로의 말을 하고 싶은 기색이었지만 이편에서 그럴 계기를 주지 않으니 그 위로의 말을 미련처럼 도로 삼켜버려야 했다.

드디어 열차는 고베를 지났다. 해는 지고 창밖은 전등의 바다로 변했다. 불량 학생이 돌연 입을 열었다.

"나는 오사카에서 내려야 하겠는데."

"도쿄로 가시는 것 아녜요?"

아가씨는 당황한 투로 물었다. 불쌍한 운명을 지고 있는 학생에게 위로의 말 한마디 못 하고 헤어지게 되었다는 것이 그녀를 당황하게 한 원인일 것이었다.

"도쿄까지 24시간을 쭉 타고 가는 건 지루해서요. 난 언제나 오사카가 아니면 교토에서 도중하차해서 며칠 쉬었다가 가죠."

말없이 고개만 끄덕거리는 아가씨.

그 아가씨의 귀에 불량 학생도 살큼

"어때요. 아가씨도 오사카에서 내리시지. 기후까진 전철도 있으니까 두세 시간 후에 전철을 타고 가실 수도 있을 테고……."

아가씨는 즉각 결심을 한 모양으로 일어서서 손을 잠깐 위로 뻗었다. 불량 학생이 성큼 따라서서 아가씨의 트렁크를 거들어 내려주었다.

얼마지 않아 불량 학생은 그 아가씨를 데리고 오사카의 우메다梅田 역의 개찰구를 빠져나가고 있었다.……


최후의 심판정에서 검찰관은 이 대목에 이르러 목청을 높일 것이다. 염라대왕 각하, 이놈은 이처럼 나쁜 놈입니다. 교언영색 巧言令色을 다해 순진한 처녀를 감쪽같이 유혹한 그 수법을 보십시오. 여기까지의 행동만으로도 놈을 초열지옥焦熱地獄에 집어넣어야 합니다, 하고.

그럴 때 나는 뭐라고 변명해야 할까. 초열지옥의 형은 달갑게 받겠다. 그러나 처음부터 불량 학생 취급하는 것은 너무하다. 긴 기차 여행 도중 아름다운 여자 옆에 앉고 싶어하는 것은 청년다운 로맨티시즘이라고 보아줄 수 있지 않겠는가. 그리고 유혹에의 은근한 마음이 없었다고는 말 못 하지만 처음부터 계획적으로 그런 짓을 했다고 단언하는 것은 지나친 확대 해석이 아닌가. 그러나 검찰관이 나의 변명에 호락호락 넘어갈 까닭이 없다. 검찰관의 공소장 낭독은 다음과 같이 계속 될 것이다.

아가씨가 불량 학생과 같이 오사카 역에서 내린 것은 두세 시간 같이 지나며 신세 타령을 슬프게 하는 그놈에게 위로의 말 몇마디라도 해줬으면 해서였다. 그리고 아가씨는 전철을 타고 기후로 갈 작정이었다.

그런데 불량 학생은 역을 벗어나자 택시에 아가씨를 태우고 나카노시마中之島로 가서 여관을 잡았다. 그러고는 그 여관에 짐을 맡겨놓고 도톤보리의 번화가로 아가씨를 끌고 나갔다. 번화가의 어떤 술집으로 가서 방으로 들어가선 술을 마시곤 불량 학생은 인생 25년을 연거푸 들먹이며 자기의 운명을 서러워했다.

"그러나 나처럼 재능도 없고 못난 놈은 죽어봤자 아쉬워할 아무것도 없고 아껴줄 누구도 없다."

고 하자 아가씨는

"학생처럼 총명한 사람은 죽어선 안 돼요."

하며 위로하기 시작했다.

불량 학생은 그의 말 주변을 최고로 발휘해선 아가씨로 하여금 이 학생을 위해선, 이 학생의 마음에 기쁨을 주기 위해선 무슨 일인들 하겠다는 기분으로 만들어버렸다.

그 결과는 뻔하다.

불량 학생은 드디어 아가씨를 가지 못하게 하곤 여관에서 같이 자게 되었다. 같은 방에서 같이 지도록 상황을 만들어놓곤 우리는 깨끗하게 이 밤을 지내야 한다는 감언이설로 자리를 따로 깔고 눕게 되었는데 밤중이 지나고난 어느 시각 아가씨는 하얀 시트에 묻은 파괴된 처녀의 붉은 흔적을 물을 묻힌 탈지면으로 닦아내려고 애쓰고 있었다.

부도덕하기 짝이 없는 불량 학생도 그 광경을 보곤 비로소 죄의식을 느꼈던지 아가씨의 어깨를 가볍게 안고는 용서해달라고 빌었다. 그러자 아가씨는

"아무것도 아녜요. 젊은 청년들이 무수히 죽어가는데 이런 것쯤이 뭣이 그처럼 대단해요."

하고 울먹거렸다.

그 이튿날 그들은 나라奈良로 갔다. 하루를 꼬박 와카쿠사야마若草山의 사슴들과 놀고 다시 오사카의 여관으로 돌아와선 신혼의 부부라도 된 양으로 하룻밤을 지냈다.

아가씨가 만일 기후에 미리 자기의 도착 일자를 알려놓지 않았더라면 며칠을 더 묵었을지 모른다. 그 이튿날 아침 두 사람은 도쿄행 열차를 탔다. 아가씨는 기후에서 내리고 불량 학생은 도쿄로 직행했다. 불량 학생의 수첩엔 다음과 같은 기록이 있었다.

미네야마 후미코峰山文子 19세. 후쿠오카福岡 현 미즈마 군 출신. 고등여학교 졸업.

그런데 불량 학생은 미네야마에게 도쿄의 하숙집 주소를 가르쳐주지 않고 학교의 주소와 그가 다니는 학과의 이름만 가르쳐주었다. 불량 학생이 다니는 대학의 그 학과는 본 교사와는 다른 지역에 있어 그리로 보내온 편지는 수위가 받아두어 나눠주었기 때문에 문통交通엔 지장이 없는 탓도 있었지만 하숙집 주소를 가르쳐주지 않은 이유는 불량 학생은 그때 하숙집 딸과 연애 관계에 있었기 때문이다.

그 후 미네야마의 편지는 사흘에 한 번꼴로 왔다. 언니와 어린아이의 건강이 좋지 않아 당분간 기후에 있게 되었다는 것이어서 불량 학생은 가끔 주말을 이용해서 기후에까지 가선 같이 놀다가 오기도 했다.

그해의 여름 방학엔 불량 학생은 귀성하지 않고 도쿄에 머물러 있었다. 어학 강습회에 나갔기 때문에 방학인데도 기후에 있는 미네야마를 찾을 겨를이 없었다. 9월 신학기에 학교엘 나갔더니 미네야마로부터 온 편지가 7, 8통 밀려 있었다. 그 가운데의 한 통은 임신했다는 사연을 알린 것이었다. 불량 학생은 크게 당황했다. 당황하고 있는 판인데 졸업이 9월 25일로 당겨졌다는 조치와 함께 학생 징병 연기 폐지, 10월 1일에 대학 전문학교 학생은 일제히 군에 입대하라는 명령이 내렸다. 이른바 학도 동원령이다. 그러나 이것은 일본인 학생에게 해당되는 일이지 불량 학생 성 모에겐 관계 없는 일이었지만 간교한 불량 학생은 그 사태를 이용할 술책을 꾸몄다.

"우리들은 머잖아 전쟁터에 나가게 되었다. 그러니 결혼을 하려 해도 그럴 겨를이 없다. 어떤 수단을 쓰건 임신은 중절시켜야 한다."

는 요지의 편지를 썼다.

당장 답장이 왔다.

'아무튼 만나보고 싶어요. 아무리 바쁘시더라도 하루쯤 시간을 내어 기후로 오세요. 당신이 전쟁터로 나가더라도 난 아이를 내게 주어진 운명으로 알고, 그리고 모든 고통을 감수하고라도 키우겠어요. 당신에게 책임을 돌리는 일은 추호도 안 할 테니 한번 기후로 와서 절 만나주세요…….'

이 편지를 받은 불량 학생은 무엇에 쫓기듯 겁을 먹고 졸업식에 참가하지도 않고 마지막 시험이 끝난 9월 10일 한국으로 돌아가버렸다. 그가 돌아가는 열차는 기후를 통과했다. 그는 몇 번인가 기후에서 내릴까 말까 하다가 그냥 지나쳐버린 것이다. 하지만 불량 학생은 미네야마로부터 도망칠 생각으로 그런 것은 아니었다. 고향에 돌아가 부모님과 의논해서 사후책을 강구할 요량이 없진 않았다. 그러나 고향에 돌아가자마자 그를 기다리고 있었던 것은 한국 출신의 대학생과 그해 졸업생은 지원병의 형식으로 군대에 가라는 강제 명령이었다…….

사정이 이렇게 된 데는 최후의 심판도 정상의 재량이 있지 않을까, 하는 희망이 솟지 않을 바는 아니지만 37년 동안이나 방치해두었다는 사실은 아무래도 용서받을 수가 없는 것이다.

비행기는 이미 일본 열도의 상공에 진입하고 있었다.


후쿠오카로 직행하지 않고 도쿄로 간 것은 만일의 경우 나를
도와주는 사람을 데리고 가기 위해서였다. 대학의 동기 동창에
츠치야土屋라는 시나리오 라이터가 있는데 그에게 부탁할 참이
었다.

호텔에 도착하자마자 츠치야에게 전화를 걸었다. 연말을 동북
의 온천에서 지낼 양으로 집을 떠났다는 답이 돌아왔다. 도리가
없었다. 호텔 방을 그대로 잡아두고 이튿날 아침 하네다에서 미
야자키宮崎로 가는 비행기를 탔다. 미야자키로 간 이유는 그곳 미
야코노조都城에 나의 일가가 살고 있어 그 사람의 도움을 받았으
면 해서였다.

미야코노조에 도착하고 보니 그 사람은 병석에 있었다. 나를
만나게 되었다며 그는 반갑기 한량이 없는 것 같았으나, 나는 시
간을 허비했다는 뉘우침만 느꼈다. 핑계를 대어 그날 안으로 가
고시마鹿兒島로 나와 가고시마 본선을 타고 구루메久留米에 내렸
다. 미즈마 군이 구루메 근처에 있다는 얘기를 미네야마로부터
들은 기억이 있었기 때문이다.

밤 아홉 시나 되었을까. 역 앞에 있는 택시 운전사에게 '미즈
마'로 가자고 했더니 아무도 미즈마를 몰랐다. 이상한 일이었다.
나는 까다로운 한자까지 써 보이며 물어도 근처에 있는 택시 운
전사는 아무도 몰랐다. 하는 수 없이 파출소로 갔다. 파출소의

젊은 순경들도 고개를 이리저리로 흔들어 보일 뿐 모르겠다고 하는데 어떤 영감이 들어와서 그 얘기를 듣곤

"미즈마는 지금의 오카와市다. 25년 전에 미즈마가 오카와시로 지명을 바꾸고 승격한 때문에 요즘 젊은이들은 아무도 모른다."

며 웃었다. 그리고 날더러

"무슨 목적으로 그곳을 찾느냐."

고 물었다.

그곳에 고등여학교가 있었죠.

대답 대신 이렇게 물었더니

"옛날 미즈마 고등여학교는 지금은 오카와 고등학교로 되어 있지, 아마."

하는 대답이었다.

"학교 이름은 바뀌도 그 당시의 동창회 명부나 학적부 같은 것은 간수되어 있겠죠."

"물론 있겠지. 그런데 그걸 뭣하려고."

"사람을 찾는 겁니다. 미즈마 고등여학교를 나온 사람을 찾으려는 겁니다."

"이름이 뭔데요."

"미네야마 후미코란 이름입니다."

"미네야마란 성이면 이 근처에 많이 살죠."

그쯤 하면 되었다. 나는 택시를 잡아타고 오카와 고등학교 근

처에 있는 여관까지 데려다 달라고 했다. 그 여관에서 자고 아침에 학교로 찾아갈 참이었다.

구루메의 시가를 벗어나 택시는 시골길을 한참 달렸다. 헤드라이트에 비쳐지는 것만으론 풍경의 대중을 잡을 수 없었으나 시골길인데도 깨끗하게 포장이 되어 있다는 것과 그 연도의 집들이 윤택해 보인다는 것만은 알 수가 있었다.

그러다가 문득 '오카와'란 이름이 아까부터 뇌리에 묘한 음향을 남기고 있었는데 그 까닭을 알았다. 창피하게도 일제 시대 우리 집안은 '오카와', 즉 '大川'이란 창씨創氏를 했었다. 하필이면 '미즈마'란 이름을 '大川'이라고 고치다니 하는 생각과 함께 미네야마가 기억하고 있을 나의 이름은 바로 그 '大川'이란 사실에 생각이 미쳤다. 그렇다면 미네야마는 바뀐 고향의 이름 때문으로도 나를 잊지 못했을 것이 아닌가. 미운 마음을 가졌대도 잊지 못했을 것이고, 그러지 않았으면 더욱 잊지 못했을 것인데 아이를 낳았다고 치고, 그 아들인가, 딸에게 '大川'이란 이름에 대한 감상을 전했을까, 전하지 않았을까.

만일 그때 아이를 낳았다고 치면 지금은 37세의 남자 아니면 여자인 것인데 요행히 그를 만날 수 있을 경우가 있다고 할 땐 남자보다는 여자로서 있었으면 좋겠다는 엉뚱한 상념이 들기도 했다. 37세의 억센 사나이가 '당신이 내 아비라구? 뭣 때문에 나타났어, 뻔뻔스럽게' 하고 덤비면 어떡하나, 그보다는 무슨 푸념을 하건 여자이면 상대하기가 수월하리라, 하는 상상 때문이었다.

전방에 전등의 바다가 나타났다.

"저기가 오카와입니다."

하는 운전사의 말에

"이 고장의 특색은 뭡니까."

하고 물었다.

"목공업입니다."

"목공업? 나무로 만드는 것?"

"그렇습니다. 오카와의 가구는 일본 전국에서 제일로 칩니다. 일본 제일의 규모를 가진 가구 공장이 이곳에 있습니다."

"그래요?"

이런 대화가 있는 동안 택시는 시심으로 들어섰다. 운전사는 어느 가게 앞에 차를 세우고 고등학교가 있는 위치를 묻곤 다시 차를 몰아 한참을 가더니 가등이 비추고 있는 오카와 고등학교大川高等學校란 간판을 확인하곤

"다음은 여관을 찾아야지."

하고 자동차를 서행시켰다.

저만치에 아리아케 여관이란 네온이 들어 있는 간판이 보였다. 자동차는 그 앞에 멈췄다.


하녀론 보이지 않는 젊은 여자가 이층의 방으로 안내해주었다. 넓은 방이 휘하게 차가왔다.

전기스토브에 코드를 꽂는다. 석유스토브에 불을 붙인다, 하

며 젊은 여자는 민첩하게 움직였다. 침구를 깔고 찻물도 갖다놓고 목욕탕의 소재를 가르쳐주고 내려가려는 그녀에게 물었다.

"이 근처에 술집이 없소?"

"조금 걸어야 술집이 있습니다."

"어느 편으로 걸으면 됩니까."

"집에서 나가 왼편으로 50미터쯤 가면 시로우마白馬라는 데가 있죠. 큰 술집은 아닙니다만."

"댁에선 술을 팔지 않소?"

"식사 때 필요하시다면 갖다드리지만 사람의 손이 모자라 술 심부름까지 할 수가 없어서요."

"아주머닌 이 집의 주인되십니까?"

"예, 그렇습니다."

"그럼 학교는?"

"이곳 고등학교를 나온 것뿐예요."

"실례입니다만, 성씨는?"

"미조타라고 해요."

"이 근처에 미네야마란 성이 많다면서요."

"그런 것까진 모르겠습니다만 제 동기생 가운데 미네야마란 성을 가진 사람이 하나 있었어요."

"그럼 혹시 도움을 청할 일이 있을지 모르겠습니다. 그때는 아무쪼록."

"뭣이건 저희들 힘이 닿는 것이라면."

하고 상냥한 웃음과 함께

"안녕히 주무세요."

하는 인사를 남기고 그녀는 내려갔다.

참고 있던 아픔이 맹렬하게 시작했다. 옷 입은 대로 이불 위에 엎드려 진정하려고 했으나 뜻대로 될 까닭이 없다. 기름땀이 짜여지는 게 눈에 보이는 듯했다. 이 고통이 조금만 누그러들면 술집으로 가야겠다고 마음을 먹으며 숨을 몰아쉬었다. 술에 취해 곤드레가 되어야만 잠을 청할 수가 있을 것 같아서였다.

'아아, 이런 몸이 아니었을 때 이곳으로 와야 했던 것을!'

불각의 눈물이 고통의 사이사이를 비집고 흘러내렸다. 만일 건강한 몸으로 이 여관에 앉아 내일의 예정을 짜고 있었더라면 이 밤의 정회情懷도 그럴 듯했을 것이란 상념이 일자 고통은 한결 더 격화되었다. 고함이라도 지르고 싶은, 빈사의 중상을 받은 짐승처럼 고함을 지르고 싶은 충동을 미네야마를 비롯한 많은 여자들을 농락한 죗값이라고 생각하면 당연한 고통이라고 생각함으로써 가까스로 누를 수가 있었다.

겨우 고통이 소강상태로 들어가는 듯할 때 시계를 보았다. 열시 반이었다. 기력을 모아 일어섰다.

'여관을 나가 왼쪽으로 50미터……'

주문처럼 외우며 여관 문을 나섰다.

횅하니 몰아치는 일진의 바람이 있었다. 그러나 견디지 못할 정도의 추위는 아니었다.

'시로우마'라는 조그마한 네온 간판이 있었다. 벼 주렴을 젖히고 가는 격자창을 열었다. 7, 8평이나 될까 마제형馬蹄型으로 된 카운터에 저편으로 세 사람이 앉아 술을 마시고 있었다. 하얀 에이프런을 두르고 중년의 여자가 희게 반들반들 화장한 얼굴을 돌려

"어서 오세요."

하며 상냥한 인사를 했다.

"술 주시오. 따끈하게요. 안주는 어떤 게 있습니까?"

"안주는 사쿠라밖엔 없어요."

"사쿠라?"

여자는 턱으로 저편 손님들 앞에 놓인 쟁반을 가리켰다. 형광등의 탓인지 유난히 붉게 보이는 고기였다.

"좋소."

이윽고 여자는 술과 안주를 가지고 왔는데 그때사 나는 사쿠라라는 것이 말고기를 뜻하는 것이란 사실을 깨달았다. 말고기를 가늘게 썰어 그걸 생으로 간장에 찍어 먹도록 되어 있는 모양이었다. 이를테면 말고기의 육회. 나는 그것을 먹을 수가 없었다. 다쿠앙을 몇 조각 달라고 해서 그걸 안주로 술을 마셨다.

여자는 술을 따라주기 위해 내 앞에 와선

"옛날엔 안줏감이 풍부했죠. 아리아케카이有明海에서 맛있는 생선이 많이 잡혔으니까요. 더욱이 아리아케가이의 게는 명물이었죠. 그런데 요즘은 바다가 오염되어 생선을 통 먹을 수가 없답

니다. 생선이 살질 못하구요."

하고 사과하는 듯 변명하는 듯한 말을 했다.

저편의 손님들은 이해의 경기景氣 얘기를 하고 있었다. 일반적
인 경기와 가구업은 밀접 불가피하니까, 경기가 하락한 때문에
가구 업체가 입는 손해는 막대하다는 푸념이었다. 그들의 말투
는 심각했으나 내가 듣기론 행복한 인간들의 행복에 겨운 비명
같았다.

'경기의 하락이 유일한 걱정일 때 당신들은 최고로 행복한 거
요.'

하는 말이 하마터면 내 입에서 나올 뻔했다.

거의 반 되 가까운 술을 마셨을 때 내 배 속의 통증은 무디게
확산되는 듯했다. 고통의 집중이 없으면 그만큼 견디기 쉬운 것
이다. 나는 피로를 느꼈다. 여관까지의 50미터가 힘겨웁도록 나
의 육체는 지쳐 있었다.

겨울 방학이자 연말에 놓인 학교의 교정은 어느 나라엔들 그
러할 것이다. 텅 빈 운동장, 닫힌 유리창이 늘어서 있는 교사. 오
카와 고등학교는 오카와란 시가가 새롭고 아담한 건물로 차 있
는 데 비하면 너무나 낡고 빈한한 인상의 목조 건물이었다. 우리
나라의 웬만한 시골 중학교도 겉치레에 있어선 그보다 뒤진 곳
이 없으리란 느낌마저 들었다.

교무실을 찾았다.

일직 선생인 듯 싶은, 50세를 훨씬 넘긴 얼굴 전체에 듬성듬

114

성 수염을 잡초처럼 방치해둔 사람이 내가 내미는 명함을 받자 자기의 이름을 기타하라北原라고 하며 감격적인 투로

"아아, 한국서 오셨습니까. 사시는 곳이 용산이구먼요. 용산, 그립습니다. 저도 거게서 나서 거게서 자랐으니까요. 나는 그곳 법정전문학교엘 다녔죠. 지금 경성은 어떻습니까. 한번 가보고 싶군요."

하고 지껄였다.

그의 말에 적당하게 응하고 난 뒤 나는 용건을 말했다.

"이 학교가 고등여학교로부터 남녀 공학의 고등학교가 된 것은 종전 5년 후, 그러니까 1950년입니다. 그 전의 동창회 명부 물론 있죠, 조금 기다리십시오."

기타하라는 고등여학교 시대의 동창회 명부를 꺼내왔다.

"미네야마 후미코라고 하셨죠? 졸업은 1941년 아니면 42년, 43년이라."

하고 뒤지기 시작했다. 나도 같이 그 명부를 들여다보았다.

"결혼을 했으면 미네야마가 아닐 테지만 구성舊姓도 기록해놨으니까요."

그런데 미네야마란 이름도 후미코란 이름도 없었다. 어젯밤 듣기론 이 고장엔 미네야마 성을 가진 사람이 많이 산다고 했는데 미네야마 후미코가 졸업했을 것으로 추정되는 해엔 미네야마란 성을 가진 사람이 하나도 없는 것이다.

멀리 한국에서 모처럼 찾아온 내가 실망하는 것이 언짢았던지

근처의 초등학교를 샅샅이 뒤져보면 어떻겠느냐는 제안을 하기도 했다. 나는 처음 그 제안에 솔깃하기도 했다. 옛날의 '미즈마' 군은 우리나라로 치면 하나의 군郡의 면적을 가지고 있는 것이니 촌명村名을 알면 모르되 그러지 않고서는 몇십 개의 초등학교를 더듬어야만 한다는 얘기가 되는 것이다. 포기할 수밖에 없었다.

기타하라는 틈을 보아가며 끈질기게 자기가 찾아보겠노라고 했다. 그리고 자기 집의 주소와 전화번호까지 메모해주기도 했다. 그러나 그것이 무슨 위안이 될 까닭이 없다. 나는 의기소침하여 여관으로 돌아와 드러눕고 말았다.

긴장이 풀린 탓인지 전신이 기탈 상태인데 동통의 횟수가 잦아지고 강도가 더해졌다. 내가 중병인인 것을 발견한 여관집 주인은 적이 당황하는 모양이었으나 의사를 데리고 오겠다는 것을 나는 굳이 반대했다. 그 대신 젊은 여자의 동기생이란 미네야마 성을 가진 사람에게 미네야마 후미코를 혹시 알고 있는지, 그 밖에 미네야마 성을 가진 사람들이 어디에 살고 있는지를 알아달라고 했다. 젊은 여자주인은 전화기를 내가 누워 있는 방에까지 가지고 와서 열심히 전화를 걸었으나 그녀의 동기생은 먼 곳으로 시집을 갔다는 얘기였고 미네야마 성을 가진 사람들이 어느 곳에 많이 살고 있는지도 알아낼 수가 없었다.

고통이 덜하면 나 자신 거리에 나가 만나는 사람마다 미네야마 성씨를 가진 사람들이 어디에 사느냐고 물었다. 시청에 가서 물으려고 했는데 공교롭게도 연말의 휴무에 들어간 탓으로 그것도 뜻대로 되질 않았다.

'그럴 리가 없지. 고등여학교를 나오지 않았는데 나왔다고 거짓말할 여자는 아니다. 미네야마의 교양 정도 자체가 여학교를 나온 정도를 넘어 있었으면 있었지 모자라질 않았다. 《아라비안 나이트》를 영어 사이드리더로 배웠다는 얘기가 있었고 그 가운데 한 대목을 영어로서 외워 보이기도 했으니까……'

나는 혼수상태에 있으면서도 이런 상념을 되뇌었다.

드디어 단념하고 도쿄로 돌아온 것은 12월 31일. 도쿄 제국 호텔의 일실에서 나는 이해 마지막일 뿐 아니라 내 생애 마지막 해의 밤을 혼자서 넘기게 되었다.

룸서비스를 통해 스테이크와 빵을 가져다놓긴 했으나 한 조각 입에 넣을 수 있는 식욕이 없었다. 나는 비행기 내에서 사온 스카치를 한 잔 두 잔 스트레이트로 마셨다. 아무리 술을 마셔도 아픔을 완화할 수 없을 때가 한계점인 것이며, 간장이 병든 자가 자꾸만 술을 마시면 생명을 단축시킬 뿐이란 의사의 말이지만 그 자신 암에 걸려보지 못한 의사가 환자가 느끼는 고통의 실질을 알 까닭이 없는 것이다.

나는 이 밤이야말로 죽음과 정면에서 대결해보자는 각오를 했다.

'죽음이란 뭐냐.'

'이 세상에서 없어지는 것이다.'

'언제 없어져도 없어질 운명이 아닌가.'

'그렇다.'

'그렇다면 조만이 있을 뿐이지 본질적으론 다름이 없는 것이 아닌가.'

'그렇다.'

'그런데 왜 오래 살려고 발버둥치는 걸까.'

'오래 살면 죽음에의 공포가 없어지는 걸까.'

'오래 살면 미련 없이 죽을 수 있는 걸까.'

'내가 가령 80세에 죽는다고 치자. 그 나이에 죽으면 지금 죽는 것보다 고통과 슬픔이 덜할까.'

'지금 80세이신 어머니는 자기의 죽음을 어떻게 생각하고 계실까.'

'Y군이 말했듯 이것이야말로 불모의 사고思考이다. 그만두자. 죽음이 다가왔을 그때 대결해도 늦지 않다.'

이런 생각을 하며 욱신거리는 동통을 견디고 있는데 돌연 어두운 창고의 일부분이 플래시에 비추인 것처럼 뇌리의 한 부분이 환하게 되었다. 바로 그곳에

'미네야마 후미코는 자기의 고향을 미즈마라고 했다. 그리고 학교는 어델 나왔느냐고 묻자 고등여학교라고 답했다. 그걸 나는 미즈마와 고등여학교를 직결해서 생각했다. 과오는 거게 있었다. 후미코의 집이 미즈마에 있어도 지리적으로 지금 오카와라고 하는 곳보다 구루메가 가까웠을는지 모른다. 후미코는 구루메 고녀久留米高女에 다녔을는지 모른다……'

는 생각이 또박또박 새겨졌다.

이것이야말로 천재적인 발상이었다.

나는 시간에 불구하고 오카와에 있는 기타하라의 자택으로 전화를 걸었다. 일본 전국, 홋카이도의 끝에서 가고시마의 남단에 이르기까지 다이얼만 돌리면 전화가 통하게 되어 있는 일본의 문화를 그때처럼 고맙게 생각한 적은 없다.

신호가 울렸다.

수화기를 받았다는 감촉이 있었다.

"누구세요."

하는 소리는 기타하라였다.

"나는 한국에서 온 성입니다. 밤중에 미안합니다."

"천만에요. 실망하고 돌아가신 것을 보고 가슴이 아팠습니다."

"고맙습니다. 그 일에 관해서 기타하라 선생의 협력을 꼭 빌려야겠습니다."

하고 나는 아까의 발상을 정확하게 전했다.

"알았습니다. 그런데 내일부터 4일 동안은 아무 일도 볼 수 없을 겁니다. 5일엔 꼭 알아보겠습니다. 그곳의 전화번호를 알려 주시오."

하는 기타하라의 말이었다.

나는 호텔의 전화번호와 룸 넘버를 그에게 가르쳐주었다.

"새해에도 좋은 일이 많으시도록."

하고 기타하라는 전화를 끊었다.

선량한 기타하라를 통해 운명은 이렇게 나를 조롱하는 것일까!

1980년이 되었다는 감격이 내게 있을 리가 없다. 국내의 신문들은 그 사설에 일제히 이해의 축복을 기원하는 내용의 글을 썼으리라. 1980년대의 역사적 의미를 썼으리라. 그러나 생명이 있고 따라서 죽음이 있는 사람에게 불사를 가정한 역사의 의미가 과연 무엇일까. 역사를 믿고 안심하고 죽을 수 있을까. 오늘 억울하게 무참한 사형을 당한 사람이 장차에 있을 역사의 심판을 믿을 수가 있을까. 먼 훗날에 역사의 심판은 있는 것인데 시간의 거리가 멀어갈수록 오늘이 역사 속에 차지하는 폭은 작아만 간다면 역사가 심판할 여유란 것이 있는 것일까 없는 것일까. 1980년대라고 해보았자 장차 쓰일 역사책엔 한 줄로 남을지 두 줄로 남을지. 1979년의 이변도 1천 년의 스팬을 놓고 보면 하나의 점點으로 화했다간 드디어 증발해버릴 것이 뻔하다. 1880년대에 김윤식金允植, 김홍집金弘集, 김옥균金玉均 등 삼 김 씨三金氏가 있었다. 단순한 우연일 것이지만 1980년대에 또 다른 삼 김 씨가 나타났다.

1880년대의 삼 김 씨와 1980년대의 삼 김 씨는 후세의 역사에 있어서 어떻게 비교되며 어떻게 그 상관 관계가 규명될 것인가. 비극은 되풀이 되지 말아야…… 그러나 이건 죽어야 할 내가 관심 둘 바는 아니다.

나라의 체면이며 대표자이며 원수元首를 정치가 속에서 뽑아야 한다는 것이 난센스가 아닌가, 비극이 아닌가…… 이것 또한 죽어야 할 내가 관심 둘 바가 아니다.

격심한 동통과 혼수와 기탈이 교체되는 가운데서도 시간은 흐른다. 시간이 흐른다는 것이 구원일 수밖에 없고 시간이 흐른다는 것이 죽음일 수밖에 없는 비극 없는 모순 속에서 드디어 1월 5일을 맞이했다.

육체는 단말마의 고통에 신음하면서도 신경만은 긴장하여 전화벨이 울리길 고대했다.

시간은 6일로 접어들었는데도 전화는 울리지 않았다. 이렇게 되면 이편에서 전화를 걸 수도 없는 것이다.

어머니에게 귀국을 약속한 알이 5일이었다. 나는 기타하라의 전화를 믿고 그날을 넘겨버린 것인데 그리고 보니 나의 불안이 양편에 걸린 셈이다. 그러나 나는 기타하라로부터 무슨 소식인가를 듣지 않곤 일본을 떠날 수가 없었다. 하루 종일 꼼짝도 않고 나는 전화기를 지켜보고 있었다.

6일의 밤이 시작되었을 때 전화벨이 울렸다. 서울로부터의 전화였다. 동생의 말소리가 떨려 있었다.

"빨리 돌아와야 합니다. 어머니가 위급합니다."

"무슨 소리냐. 의사의 말과는 다르지 않느냐."

나도 모르게 분격이 치민 격한 말소리로 되었다.

"어머니가 위급해요. 빨리 돌아와야 합니다."

"알았다."

하고 전화를 끊었다.

괜히 마음이 바빠졌다. 꾸릴 짐도 없었지만 그래도 챙길 것은
있었다.

"내일 비행기를 어떻게 한다?"

어마지두하다가 T일보의 이 군에게 부탁하기로 했다. 선량하
고 독실한 이군은 내일 비행기를 탈 수 있도록 주선하겠다고 약
속했다.

이쯤 됐으면 내가 기타하라에게 전화를 해야겠다고 마음을 먹
었다. 서울의 전화번호라도 알려야겠다는 마음으로.

내가 다이얼을 돌리려고 할 즈음 벨이 울렸다. 송수화기를 들
었다. 기타하라의 말소리가 튀어나왔다.

"구루메 고녀의 동창회 명부에 미네야마 후미코 생이 있었습
니다. 결혼을 하지 않았더군요. 구성 그대로 있었으니까요."

"자아식."

싫었다. 데릴사위란 것도 있는 게 아닌가.

기타하라의 말은 계속되었다.

"그런데 참 안됐습니다."

"뭣이 말입니까."

잠깐 사이가 있었다.

"미네야마 후미코 씨는 사망으로 되어 있습니다. 참 안됐습니
다."

122

잠시 말할 수가 없었다.

"감사합니다. 여러 가지로 애를 써주셔서."

나는 돌아가면 인삼이라도 한두 상자 보내줘야겠다고 마음을 먹었다.

"참 안됐습니다. 모처럼 찾으셨는데."

"아닙니다. 내게 있어선 37년 전에 죽은 사람이었으니까요."

"참, 학적부도 뒤져보았는데 성적이 꽤 좋던데요. 쭉욱 우등생이었습니다."

그 말엔 웃을 수밖에 없었다. 죽어 없어진 사람이 우등생이었으면 무엇을 하느냐 싶어서였다.


1980년 1월 7일 7시.

나리타 공항을 떠난 비행기는 '屍體×日前'을 태우고 서울을 향해 날고 있었다. 전신을 비틀어 꼬는 듯한 고통 속에서도 상념이 뭉게구름처럼 이는 것은 비단을 찢는 듯한 소프라노의 아리아를 회오리바람 같은 오케스트라의 연주가 에워싼 양상을 닮았다고나 할까……

그 상념 속의 한 가닥은 재작년의 가을, 나의 외사촌 김생문이 관 속에 담겨져 비행기로 날아왔을 때의 회상이다. 180센티미터의 키, 한때 85킬로그램의 체중을 가졌던 몸도 마음도 건장했던 45세의 사나이가 돌연 백혈병에 걸렸다는 소식을 들은 것이 석 달 전. 미국에선 구할 수가 없는 한방의 특효약을 구하느라고 광분하고 있었을 때 죽었다는 전화가 있었다. 그리고 그의 유언은 한국 땅에 묻어달라는 것이었다고 했다. 미국엘 이민 가기를 그처럼 원하고, 어느 정도 성공을 해선 '링컨 콘티넨털을 샀으니 형님이 오면 그 차로 태워 모시고 어디라도 갈 작정'이란 편지를 보내온 그가 임종의 자리에서 '한국의 땅에 묻어달라'고 했다니 가슴을 에이는 이야기다. 그 외사촌이 죽었을 때의 그에게 있어선 고모가 되는 내 어머니의 비탄한 모습이 눈앞에 선하다. 조카를 잃고 비탄하던 어머니가 지금은 자기의 죽음을 견디어야 하는 것이다……

미네야마 후미코의 죽음은 어떠한 죽음이었을까. 폭격으로 인한? 병으로 인한? 혹은 자살?

내 죄가 얼마나 크더라도 지금 당하고 있는 이 고통으로써 면책될 수 있지 않을까. 이래도 모자랄까.

나는 내 체내에서 광풍 노도를 방불케 하는 고통이 옆자리에 앉은 사람이 감지하지 못하도록 입을 악물었다. 그러나 가만있으면 보채지 않을 수가 없었다. '하코자키'에서 공항으로 가는 버스에 타기 직전 비행기 속에서 읽으라고 T일보의 이 군이 넣어준 문고본을 억지로 폈다. 뭣엔가 집중하지 않고선 안 될 지경이었다. 책을 펴들자 동통이 약간 멀어졌다. 그런데 다음과 같은 대목이 있었다.

"이런 일 믿을 수 있어요?"

"뭔데요."

"그 사람의 이웃 병실에 있는 사람인데요. 서른 살과 스물여덟의 젊은 부부예요. 어느 날 같이 거리를 걷고 있었대요. 머리 위에서 간판이 떨어져서 남편이 다쳤는데 그 사람 지금 식물인간이 되어 있는 거래요."

"그래요?"

"부인은 열심히 간호를 하고 있는데 대답도 하지 않고 소리가 나는 방향을 보지도 않아요. 먹는 것만은 입안에 넣어주면 어떻게 먹기는 한대요. 그런데 그러는 동안 그 부인이 주치의 선생을 좋아하게 됐나봐요. 처음엔 병들어 있는 남편을 배신한 것 같아서 양심의 가책을 받은 모양이던데 그 사이 남편의 어머니, 즉 시어머니가 그런 사정을 알고, 당신은 아직 젊으니 회복할 가능성도 없는 남편에게 의리를 세울 필요도 없지 않느냐면서 이혼을 시키고 그 의사와 결혼을 시켰대요. 아이가 없었기 때문도 있었겠지만 아무튼 그 의사는 병자에게 미안하니까 되도록 오래 두 사람이 간병하겠다면서, 그 부인, 말하자면 전 부인前夫人이 매일 남편인 의사와 같이 병원에 출근해선 저녁때 돌아간다는 거예요."

"그것 참말이에요?"

"거짓말 같은 참말이에요. 일요일만은 병자의 어머니가 와서 돌보는 모양이지만. 그 부인이 내게 이렇게 말하는 거예요. 지금의 남편을 만나도록 해준 것은 상처를 입고 식물인간이 되어 있는 이전 남편이니까 소홀히 해선 안 된다고 생각하고 있대요."

"그런 운명이란 사람으로선 상상도 못할 일이군요."

"헌데 그 부상을 입은 사람은 여느 때는 아주 빠른 걸음으로 걷는 사람이래요. 그런데 그날 5월의 초순이었던 모양인데 순간 멈춰서선 하늘을 보며 야아, 오늘은 기막히게 아름다운 날이군 하고 중얼거렸대요. 그때 간판이 쾅, 하고 떨어져서⋯⋯."

나는 순간 고통을 잊고 그 대목을 다시 한번 읽어보았다.

'운명이란 못 하는 짓, 안 하는 짓이 없다. 그런 운명에 말려들어간 것이니 난들 어떻게 하란 말인가.'


공항에서 곧바로 어머니에게로 달려가려다가 나는 주춤 자동차를 나의 거처로 돌렸다. 자동차의 백미러에 비친 내 얼굴이 유귀流鬼의 형상을 하고 있었기 때문이다. 열흘이 넘는 동안을 먹는 듯 마는 듯 지나며 술만 먹고, 고통에 시달렸으니 바위인들 그 모습을 바꾸지 않았겠는가 말이다.

나는 거처로 돌아가 잠깐 쉬어 가능한 한 제 얼굴을 찾은 후 어머니 앞에 나타나야겠다고 생각했다. 주치의의 말에 매달려 있는 나는 병세가 조금 악화됐을 뿐으로 생각하고 전화 그대로 위급한 건 아닐 것이라고 믿었었다.

이웃 의사를 불러 칼슘과 포도당이 섞인 주사를 맞고 수염을 깎고 크림을 바르고 이 정도면 하는 자신을 얻고선 어머니 곁으로 달려갔다.

어머니의 방에 들어섰을 때 먼저 링거 주사를 맞지 않고 있다는 사실을 발견했다.

"링거를 맞으면 가슴이 답답하다고 해서 치웠어요."

내 표정을 읽은 모양으로 누이동생이 말했다. 그 말에 느낌을 받았는지 어머니가 눈을 떴다. 그리고 손을 내 쪽으로 뻗었다.

꿇어앉으며 손을 잡았다. 마른 나뭇가지를 잡는 기분이었다.

"네가 왔느냐, 그럼 됐다."

이 한마디를 하시고 다시 눈을 감았다. 조금 사이를 두고 이번엔 눈을 뜨지 않은 채 어머니의 말씀이 있었다.

"형술이 아저씨 보았나."

"예, 뵀습니다. 어머니에게 맛있는 것 사드리라고 일본 돈을 10만 엔 주데요."

어머니는 보일락 말락 고개를 끄덕거린 기분이었다.

형술이 아저씨란 어머니에겐 사촌인 동생이다. 도쿄서 성공한 사업가로서 살고 있는데 한때 조총련을 하는 바람에 연락이 끊어져 있었다. 그랬다가 조총련과 손을 끊고 고향에도 다녀가게 되었는데 그때 사촌끼리 한 말이 지금도 귀에 쟁쟁하다.

"네가 그 사람들하고 붙어 일한다고 듣고 만나지 못할 건가 했더니 이렇게 돌아와줘서 고맙다."

"누님. 누님이 보고 싶어서 그 사람들과 손을 끊었어요."

사실이 그렇게만 되었을까만 아저씨의 그 말은 어머니를 기쁘게 했다. 어머니는 우리 집안을 쳐도 그렇지만 외가로서도 제일 높은 어른이었고 중심인물이었다. 어머니가 들어 해결되지 않는 집안의 트러블이란 없었다.

"링거도 안 맞으시고 아무것도 안 자시고 어떻게 하지?"

잠시 바깥으로 나와 이렇게 중얼거렸다. 대꾸할 누구도 있을
까닭이 없다.

'아아, 이것이 적막이로구나!'

모두들 어머니의 죽는 시간을 기다리고 있다는 것을 집안의
공기로부터 느낄 수가 있었다.

'세상에 이럴 수가.'

눈물이 하염없이 흘렀다.

방 안으로부터 염불 소리가 흘러나왔다. 테이프 레코더에서
나오는 소리였다. 테이프 레코더에서 나오는 소릴망정 염불 소
리를 들으니 마음에 안정이 찾아왔다. 그런데 이상하게도 아까
문을 들어설 때까지도 견디기 힘들었던 내 육체의 고통이 말쑥
이 가셔져 있었다. 나는 별다른 고통 없이 어머니 옆에 앉았다가
아랫방으로 내려와 기록을 시작했다가 하며 보냈다.

그 이튿날 어머니는 날더러 모두를 부르라고 했다. 겨우 말이
될 듯 말 듯한 소리로.

이윽고 한방 가득 차게 사람이 모이자, 보이지 않는 얼굴이 있
다는 듯 그 허허한 눈을 돌렸다.

"그 애는 학교 갔어요."

어머니의 눈치를 챈 누이동생의 말이었다. 어머니는 외손녀의
얼굴을 찾고 있었다는 것을 알았다.

어머니는 자기의 손을 내밀었다. 내가 그 손을 잡았다. 동생들도 어머니의 손을 잡았다.

"인자 됐다. 느그들 모두 잘 지내라."

마지막 힘을 모아 또박또박한 음절로 이렇게 말씀하시고는 우리가 잡고 있는 손을 풀었다.

이것이 80세를 사신 어머니의 마지막 말이었다. 그리고 뒤이은 이틀 동안 혼수상태에서 헤매다가 11일의 새벽 드디어 운명하셨다.

1980년 1월 11일 오전 4시, 라고 나는 내 가슴에 그 시각을 적어넣었다.


"느그들 모두 잘 지내라!"

진실로 위대한 메시지였다.

이제 나는 나의 죽음을 준비하면 그만이다. 그런데 나의 메시지는 뭐라고 할까.

"용서해달라, 나를 용서해달라!"


성유정의 수기는 여기서 끝나고 있다. 그는 1월 13일 어머니의 장례를 치르고 삼우제까질 무사히 지내고 그 이튿날 죽었다. 자기의 무덤을 어머니의 무덤 바로 밑에다 지정해놓고.

나는 후기後期를 써야 할 의무를 느낀다. 그러니 다음에 기록되는 '나'는 '성유정'의 '나'가 아니고 후기를 쓰고 있는 '나'라는 것을 명념하기 바란다.

성유정은 재才도 있고 능能도 있는 인물이었다. 그러나 그는 충전한 의미에 있어서의 문학자가 되지 못하고 일개 딜레탕트로서 끝났다. 그 딜레탕트의 늪 속에서 혹시나 연꽃이 피어날 수도 있지 않을까 하는 것이 나의 기대였고 그를 아는 모든 사람들의 기대였지만 그 기대는 그의 운명殞命과 더불어 무로 돌아가고 말았다. 그러나 그건 성 군 스스로가 책임을 질 일이지 우리가 애석해할 까닭은 없다. 그는 넘치는 재능을 가지고 있었지만 그것을 받들어 꽃피우고 결실시킬 수 있는 강한 의지가 결여되어 있었기 때문이다. 그는 왕왕 자기의 과오를 마음이 약한 탓으로 돌리고 있었지만 마음이 약하다는 것이 변명의 재료가 될 수 없을 것이며 항차 그의 문란했다고도 말할 수 있는 사생활에 대한 비난을 면책하는 조건도 되지 못할 것이 그래도 나는 후일 그의 묘비명을 청해오는 일이 있으면 다음과 같이 쓸 작정이다.

'그의 호학好學은 가히 본받을 만했는데 다정과 다감이 이 준수俊秀의 역정歷程에 흠이 되었노라'고.

마지막으로 이 수기에 거창한 제목을 붙인 까닭을 설명해둔다. 성유정이 언젠가 왕어양汪魚洋의 다음 시,

　하처고향사何處故鄕思 풍상역성수風傷歷城水
　하처고향사何處故鄕思 월기화산수月倚華山樹

란 것을 내게 보이며 언젠가 자기가 라이프 워크를 쓸 때 이 시구에서 제목을 빌리겠다고 말한 적이 있다. 그런데 그는 라이프 워크라고 할 만한 것을 남기지 못하고 죽었다. 이 수기만 하더라도 병중의 것이었다고는 하나 감정의 비약이 심하고 과시도 있어 치밀하지 못한 점으로 해서 불만인 구석이 한두 군데가 아니다. 그러나 나는 그가 애착했던 제목을 무위로 남겨두기가 아쉬워 여기에 '역성歷姓의 풍風, 화산華山의 월月'이란 제목을 붙였다.

\* 출전: 《세우지 않은 비명》, 서당, 1992.

제4막

# 제4막

흔히들 소설을 가장 자유스러운 형식이라고 한다. 그런데 그 자유스럽다는 것이 비자유 이상으로 어렵다는 것을 써보지 않은 사람으로선 상상도 못할 것이다.

그 많은 자유 속에서 하나의 자유를 선택했다는 것이 '내다 내 다 죽을 꾀를 냈다'는 것일 수도 있는 것이다.

'누보로망'이니 '앙티로망'이니 하는 말과 움직임이 예사로운 데서 생겨났을까.

나는 뉴욕을 소재로 한 몇 개의 단편을 앞으로 쓸 작정인데 이 〈제4막〉은 그 첫 작품이 된다. 그런데 나로선 부득불 이른바 '뉴 저널리즘'의 방법을 빌리지 않을 수 없었다. 시사성과 보고성, 그리고 객관성으로써 이루어진 몇 개의 에피소드가 엮어내는 일 종의 분위기를 나타냄으로써 소설의 영역을 좀 더 넓혀보고 싶었던 것이다.

이것이 무슨 소설이냐고 반문한다면 반소설反小說도 결국은 소설일 수밖에 없다고 대답할밖엔 없고, 소설이라면 하여간 로마네스크한 부분이 있어야 하지 않느냐고 지적하면 설혹 본문에선 찾아볼 수 없더라도 제목 '제4막'만은 로마네스크하지 않느냐고 변명할 참이다.

굳이 변명을 해야만 소설로서 통하는 소설을 쓴다는 것은 슬픈 일이지만 도리가 없다. 소설도 나 자신도 어쨌건 성장해야 한다.


뉴욕은 세계의 메트로폴리스, 지상 최대, 최고, 최상의 도시다.
미국의 부가 문명의 정수를 다해 엮어놓은 장대한 규모의 낙원!
그것이 뉴욕이다.


이건 어느 여행 안내서의 문면이다. 그런데 문학가를 비롯한 사상가들은 그렇게 말하지 않는다.


소돔과 고모라의 현대판! 뉴욕!


어느 종교가는 이렇게 단죄했다.


그 빌딩의 정글엔 어떤 원시적인 정글에서도 발견할 수 없는 암흑과 공포가 있다.

어떤 사회과학자의 말이다.

장 폴 사르트르는 다음과 같이 썼다.

추운 하늘 밑을 나는 하염없이 걸었다. 나는 뉴욕을 찾았지만 끝
내 뉴욕을 발견할 수 없었다. 차갑고 비개성적인, 독창성이란 전
연 없는 거리를 걷고 있으니 뉴욕은 환상의 도시처럼 나를 원경
에 둔 채 밀려나갔다.

헨리 밀러는 표현이라기보다 익살을 퍼부었다.

뉴욕의 밤거리는 그리스도의 죽음을 연상케 한다. 눈이 깔리고
거리가 고요에 싸이면 추괴醜怪한 빌딩으로부터 소름을 끼치게
하는 절망과 파멸의 음향이 스며나온다. 어느 돌 한 개, 사랑과
존경으로서 다른 돌과 어울려 있지 않다. 어느 거리도 춤과 환락
을 위해 있지 않다. 배를 채우기 위해 물건들이 쌓이고 옮겨지고
하는 거리일 뿐이다. 사랑과는 아무런 관련도 없는 굶주림의 냄
새, 만복한 돼지의 냄새가 풍기고 있는 거리다.

흑인 작가 볼드윈의 말도 들어볼 만하다.

여름이 왔다. 어느 곳과도 비교할 수 없는 뉴욕의 여름이다. 더

위가 소란을 곁들여 신경에, 정신에, 사생활에, 정사에 그 파괴적인 흉포성을 나타내기 시작한다. 공기 속엔 흥보가 달착지근한 노랫소리와 더불어 충만해 있고 거리와 술집엔 더위로 해서 더욱 광포해진 사람들이 범람하고 있다. 이곳은 오아시스도 없는 거리다. 사람의 감각이 파악할 수 있는 한 돈 때문에 돈만으로 만들어진 거리다.

기록에 의하면 헨리 허드슨이 맨해튼을 발견한 것은 1609년. 불과 24달러란 돈으로 인디언으로부터 페터 미노이트가 이 맨해튼을 사들인 것은 1626년의 일이다. 그리고 오늘의 뉴욕은 맨해튼으로도 토지세 50억 달러, 건물 세 60억 달러로 평가되는 재산이 되었다. 돈 때문에 돈만으로 된 곳이란 뜻은 볼드윈의 감각과는 전연 다른 각도로도 성립된다. 그러니 돈의 힘이란 뉴욕을 만들 만큼 크다고 할 수도 있겠으나 돈만으로 이런 도시가 가능하리라곤 믿어지지 않는다.

여행 안내서는 지상의 낙원이라고 칭송하고, 학자들은 저주하고…… 수월하게 풀 수 없는 아포리아 뉴욕! 그러나 축복이 큰 곳에 저주 또한 크다. 화려하지 못한 곳에 본래 비극은 없다. 비극이 크려면 이에 맞먹는 규모의 행복이 있어야 하는 것이다. 뉴욕은 그 규모만 한 비극을 빛에 대한 그늘의 이치로서 지니고 있는 곳이다.

1971년 2월, 나는 처음으로 이 도시를 찾았다. 그때 나는 20세 때에 이곳을 찾지 못했던 것을 후회했다. 동시에 다음과 같이 느꼈다 귀빈으로서 귀빈 대접을 받으면서가 아니면 갈 필요가 없는 곳이 '워싱턴'이라면, 이 뉴욕은 비천한 인간일수록 와봐야 할 곳이라고.

그 까닭은 이렇다. 뉴욕은 철저하게 사람을 위압한다. 뉴욕은 사람으로 하여금 곤충인 스스로를 인식케 한다. 어떠한 귀현 공자도 뉴욕의 거리에 세워놓으면 초라한 나그네일 수밖에 없다. 뉴욕에서의 궁사窮死는 수치가 아니다.

사람이, 사람이 만든 도시에 의해 이처럼 철저하게 모욕을 받을 수 있다는 건 그 사실만으로도 대단한 일이다. 뉴욕에 상식과 윤리가 통하지 않는 것은 본래 상식과 윤리엔 외면하고 만들어진 이 도시의 생리에 그 원인이 있다. 아무튼 나는 뉴욕의 마력에 사로잡혔다. 한 해 동안만이라도 나는 이 도시에 살아보고 싶었다. 1973년의 여름, 내가 다시 뉴욕을 찾은 건 그러한 애착 때문이다.

1973년 6월 26일, 뉴욕 시간 오후 다섯 시. 나는 케네디 공항에 도착했다.

택시를 타자 라디오에서 흘러나오는 말소리에 신경이 쏠렸다. '워터게이트'사건을 둘러싼 상원 청문회의 중계 방송이었다. 누군가가 묻고, 딘이 대답하고 있는 상황이었는데 붐비고 있는 교통 때문에 자동차가 서행하고 있어 문답의 내용을 비교적 소상하게 들을 수 있었다.

"…… 당신의 진술과 닉슨 대통령의 성명 내용과는 모순되는 점이 많은데 어떻게 당신의 진술을 정당한 것이라고 믿을 수 있겠는가?"

이에 대해 딘의 대답은

'나는 내가 보고 듣고 확인한 바를 말하기 위해 이 자리에 나왔을 뿐'이란 것이었다.

나는 지금 묻고 있는 사람이 누구냐고 운전사에게 물었다.

"뉴멕시코 선출의 상원 의원 몬토야."

라고 하곤 그는

"당신은 워터게이트 사건을 어떻게 생각하느냐?"

고 물었다.

"나는 그 사건에 흥미를 느끼곤 있지만 외국인이기 때문에 코멘트하지 않겠다."

고 했더니 그는 싱겁게 웃곤

"어제 나온《타임》의 기사를 보라."

고 하며, 이어

"그 기사는 50대 50의 가능으로 닉슨은 사임해야 할 것이라고 돼 있소."

하고 닉슨 대통령을 맹렬히 비난했다. 심지어는 아주 상스러운 어휘조차 쓰길 삼가지 않았다.

나는 잠자코 듣고만 있을 수밖에 없었다. 미국인은 자기들끼리는 무슨 소릴 하더라도 외국인 앞에선 자기 나라 대통령의 욕은 하지 않는다고 들은 적이 있어 닉슨의 사건은 그런 관계조차 깨뜨릴 정도로 심각하게 되었구나 하는 느낌을 가졌다.

여장을 푼 곳은 코모도 호텔. 이 호텔은 렉싱턴 애비뉴와 42번지가 교차되는 곳에 있어 여러 가지로 편리한 곳이다. 그랜드 센트럴 정거장이 바로 이웃에 있는 데다 네 블록만 걸으면 타임스 스퀘어, 브로드웨이로 나갈 수 있고 현대 미술관이 있는 록펠러 센터는 걸어서 십 분쯤이면 갈 수 있다.

그런 점으로 해서 이 호텔을 택한 것인데 트렁크를 풀어놓고 물건을 챙기려고 하다가 문득 코모도 호텔과 닉슨 대통령과의 사이엔 인연이 있다는 사실이 기억 속에 떠올랐다.

내 기억에 틀림이 없다면 제2차 세계대전 직후, 당시 하원 의원이며 비미非美 행동 조사 위원이었던 닉슨 씨가 루스벨트 대통령의 보좌관이었던 앨저 히스 씨를 이 호텔의 어느 방에서 체임버스란 밀고자와 대질시켜 사문査問한 일이 있는 것이다.

그 사건으로 인해 앨저 히스 씨는 실각했을 뿐 아니라 5년간의 감옥살이를 하게 되었고, 한편 닉슨 씨는 일약 명성을 올려 상원 의원이 되고 이어 부통령으로 영진했으며, 그러한 바탕으로 해서 대통령의 지위를 획득했다고 볼 수가 있다. 앨저 히스 사건으로 각광을 받을 기회가 없었더라면 캘리포니아 출신의 일개 무명의 하원 의원이 그로부터 불과 수년 동안에 상원 의원→부통령이란 이례적인 출세 코스를 밟을 순 없었을 것이었다.

그런 뜻으로 코모도 호텔은 대통령으로서의 닉슨의 산실이라고 할 수가 있다. 나는 그와 같은 정세 속에서 코모도 호텔에 들게 된 나 자신의 우연을 기이한 것으로 느끼고 25년 전에 있었던 앨저 히스 사건을 조명의 수단으로 해서 워터게이트 사건을 해명해보면 퍽 흥미가 있을 것이란 생각을 해보았다. 동시에 가벼운 흥분을 느끼곤 짐을 챙기다 말고 책점을 찾아 호텔을 나섰다.

호텔 문을 나서는데 허술한 옷을 입은 백인 청년이 성큼성큼 내 앞에 다가서더니 쑥 손을 내밀었다. 영문을 몰라 당황하고 있는데 들릴 듯 말 듯한 낮은 소리로 청년은 말했다.

"10센트만 주십시오."

아까 운전사로부터 거스름돈을 받아놓은 게 다행이었다. 나는 얼른 그 청년의 손바닥 위에 10센트 한 닢을 얹어주었다. 그랜드 센트럴 입구 앞을 지날 무렵엔 흑인 청년이 나와 역시 손을 내밀며 담배 한 개비만 달란다. 한 개비를 끄집어 내주기가 민망해서 갑째 주어버렸더니 그것을 보고 있었던 모양으로 근처에 있던 흑인들이 주르르 그 청년의 주변에 모여들었다.

가난한 나라의 가난한 작가가 세계에서 제일 부유한 나라에 와서 돈과 담배를 희사해야 한다는 건 어떤 뜻일까 하고 생각해보지 않을 수 없었다. 가장 부유한 나라의 가난은 가장 가난한 나라의 가난보다 더욱 비참한 것이란 생각이 든다.

구태여 책점을 찾고 싶은 생각이 시들어갔는데 눈앞에 책점이 나타났다. 내가 구하려는 앨저 히스의 저서 《여론의 법정에서》란 책은 곧 발견할 수가 있었다. 산더미처럼 그 책이 쌓여 있었기 때문이다. 초판 1957년 이래 거의 절판되다시피 되어 있었던 모양인데, 워터게이트의 붐을 타고 닉슨의 적이 쓴 책이 이처럼 재판된 것이로구나 싶으니 야릇한 심정이었다.

나는 그 책을 수년 전에 읽은 적이 있고 지금도 내 서가 어디엔가 꽂혀 있을 것이지만 기억을 새롭게 하기 위해 현지에서 다시 읽을 양으로 그 책을 샀다. 그리고 그 책과 더불어 게리 윌스의 《투쟁자 닉슨》, 노스본의 《닉슨을 지켜보며》란 책도 샀다.

책 꾸러미를 들고 나오려는데 점두에 진열해놓은 워터게이트 게임이라고 쓰인 검은 상자가 눈에 띄었다. 그 설명서에 이르길

워터게이트 게임은 전 가족이 함께 즐길 수 있는 멋진 놀이다. 이 게임에선 승리자란 있을 수 없다. 모두가 패자다. 당신이 속이려다가 들키면 벌점을 먹어야 한다. 속이려고 하고 안 속으려고 하는 데 이 게임의 본질이 있다…….

고 되어 있다. 물으나마나 지금 진행 중에 있는 사건에 대한 국민의 반발을 이용한 그 자체 풍자의 뜻을 지니고 있다.

뿐만 아니라 워터게이트 사건을 빈정댄 코미디와 노래의 디스크가 날개 돋친 듯 팔리고 있다. 《워싱턴 포스트》, 《뉴욕 타임스》를 비롯한 대신문들이 나날이 선동 기사를 쓰고 텔레비전과 라

디오가 시간을 가리지 않고 떠들어대니 대중 사이에 워터게이트의 열풍이 일지 않을 수 없는 것이다.

호텔로 돌아와 앨저 히스의 책을 읽으며 지금 이 사람의 심정이 어떨까 싶어졌다. 그 두꺼운 전화번호부를 들춰 앨저 히스의 전화번호를 찾아내선 전화를 걸었다. 몇 번을 걸어도 신호만 가고 받는 사람은 없다는 교환수의 얘기였다. 앨저 히스와 그 가족은 피서를 떠난 모양으로 보였다.


뉴욕의 여름은 덥다. 그러나 볼드윈이 흉포하다고까지 표현한 건 납득이 안 간다. 사르트르도《자유에의 길》어느 장면에서 뉴욕의 더위를 단순한 더위가 아니고 '공기의 병'이라고까지 했는데 아무래도 그런 정도는 아니다.

뉴욕에 도착한 이튿날 나는 모던 아트 미술관을 향해 5번가를 걷고 있었는데 이상스러운 행렬이 눈에 띄어 걸음을 멈췄다.

행렬의 선두에 있는 플래카드에 다음과 같은 글자가 보였다.

'남색男色은 자랑이다'

이상한 문자도 다 있구나 했는데 또 다른 플래카드엔 이렇게 쓰여 있었다.

'사랑엔 성性이 없다'

행렬에 참가한 사람들의 복장은 다채 다양했다. 빨강·파랑 갖가지의 옷을 입고 카우보이가 쓰는 모자를 쓰고 분명히 남자들인데도 여자들처럼 모두 궁둥이를 흔들고 야단들이다.

무슨 목적의 어떠한 사람들의 행렬인지 알 수가 없어 내 곁에 서서 역시 구경하고 있는 노부인에게 물었다.

"무슨 행렬입니까?"

"갓뎀."

하고 그 노부인은 노골적인 혐오를 나타내며 혀를 찼다.

"저 플래카드를 봐도 몰라?"

그때 눈앞에 지나가는 플래카드엔 '우리를 따르면 인구 과잉의 걱정이 없다'고 돼 있었다. 그래도 나는 무슨 영문인지를 알 수가 없었다.

노부인 곁을 떠나 어떤 흑인 청년 곁으로 가서 아까와 같은 질문을 했다.

"게이 피플 데몬스트레이션!"

그는 짤막하게 답했다.

게이 피플이란 남색 애호가란 뜻이다.

들고 보니 납득이 갔다. '남색은 자랑이다', '사랑엔 성이 없다', '우리를 따르면 인구 과잉의 걱정이 없다'는 등의 플래카드의 의미도 알아차릴 수 있었다. 그런데 또 놀라지 않을 수 없었다. 7, 8명으로 보이는 노부부들이 그 대열 속에 끼어 있었는데 그들의 손에 들려 있는 판자엔 '우리들은 남색가의 부모'라고 쓰여 있고, 어떤 사람은 '우리는 남색을 좋아하는 아들을 가진 것을 자랑으로 안다'는 푯말을 들고 있었다.

망측하다고 말해버리면 그만이지만 그런 망측함을 감당하고 초월할 수 있는 곳이 뉴욕이란 곳일지 모른다는 생각이 들어, 나는 모던 아트 미술관에 갈 생각을 포기하고 그들의 행렬을 따라 발을 옮겼다. 행진의 목적지는 콜럼버스의 광장이었다. 거기엔 또 얄궂은 광경이 벌어지고 있었다.

레즈비언동성연애를 즐기는 여자들의 음악대가 남색가들의 행진을 위해 행진곡을 연주하고 있었다. 남자들이 남색에 몰두하면 레즈비언으로서의 그들의 생활이 그만큼 안전한 것으로 될 테니까 남색 운동을 도울 만하다고 생각하니 웃음이 저절로 터졌다.

자세히 보니 그 행사를 위해 미국 각지에서 남색가들이 참가한 모양이었다.

워싱턴, 필라델피아, 피츠버그 등등의 깃발이 행렬의 선두에 있었다.

어떤 중년 신사를 보고 물었다.

"이걸 보는 당신의 감상은 어떻습니까?"

"그들이 누굴 해칩니까? 자기들 하고 싶은 것을 하고 있을 뿐 아닙니까. 누가 그들이 나쁘고 우리들이 옳다고 할 수 있겠소. 풍기의 문제를 말하면 브로드웨이의 영화관엔 섹스 영화가 범람하고 있는 판인데요. 도의 문제로 말하면 워싱턴의 한복판에서 워터게이트의 음모가 있는 세상인데, 그런 것에 비하면 이 행렬은 천사들의 행진이오."

남색가들의 데모를 '천사들의 행진'이라고 한 것은 좀 맹랑한 느낌이 없진 않다. 그러나 뉴욕을 어느 의미에서의 낙원이라면

동성연애를 주장하는 그들의 행진이 천사들의 행진일 수 있을 것이었다. 하여간 그 천사들의 행진을 구경하고 돌아오는 그날 밤 나는 '제4막'을 발견했다.

45번지와 8번가가 교차되는 지점에 그 '제4막'은 있었다. 그 근처는 백수십 개 극장이 있다는 브로드웨이다. 화려한 극장의 네온사인, 각양각색의 레스토랑, 바가 그 사이사이에 끼어 있는 번화한 지대에 그 집은 'ACT4'라는 다소곳한 간판을 걸어놓고 맥주를 팔고 버번을 팔고 배고픈 사람에겐 햄버거와 감자를 팔고 있었다.

'ACT4'니까 우리말로 번역하면 '제4막'일 수밖에 없는데, 그런 간판을 건 그 집이 음식점이었다는 데 와락 호기심을 느꼈다.

밤 열두 시쯤 되었을까. 그런 시각에 그런 장소의 술집에 동양의 군자가 혼자 들어간다는 건 짜릿한 모험이다. 천사들의 행진을 구경한 흥분이 일종의 용기로 변했을지도 모른다. 내가 그 집에 들어섰을 때는 카운터, 홀 할 것 없이 입추의 여지가 없을 만큼 꽉 차 있었다. 그랬는데 카운터 맨 가에 앉아 있던 흑인 청년이 서성거리고 있는 나를 보자 앞에 놓인 맥주잔을 단숨에 들이켜곤 '플리즈' 하는 말과 동시에 그 자리를 내게 내어주고 훌쩍 떠나버렸다.

나는 그 자리에 앉아 버번을 청했다. 이웃에서 말이 있었다.

"이제 당신에게 자리를 양보하고 나간 사람이 누군질 아느냐?"

"알 까닭이 있느냐."

고 답하고 그를 보았다. 호인으로 생긴 백인 청년이었다. 그 백인 청년은 웃으며 이와 같은 말을 했다.

"그 사람은 이 브로드웨이에선 제일가는 조명가요."

"조명가가 그렇게 대단한가?"

했더니 그는 단번에 경멸하는 눈초리가 되었다.

"연극의 생명은 조명에 있는 거요. 조명이 없어봐요, 연극이 되는가. 그런 뜻에서 그는 브로드웨이 최고의 예술가란 말요."

"태양이 제일 중요하다는 논리와 통하는군요."

그는 내 말에 묻어 있는 빈정대는 투엔 아랑곳없이 그것을 액면 그대로 받아들이곤 자기는 컬럼비아 대학교의 학생인데 아르바이트로 조명 조수 노릇을 하고 있지만 장차 본격적인 조명가가 될 것이란 기염을 토했다.

나는 이 집 옥호가 '제4막'인데 그 '제4막'이란 뜻이 뭣이겠느냐고 물었다. 그 청년의 설명은 친절했다.

"뮤지컬을 빼곤 브로드웨이에서 하는 연극은 대강 3막으로 끝나거든요. 그러니 제3막까진 극장에서 하고 제4막의 연극은 여기서 시작된다는 뜻이죠. 제3막까지의 무대에 등장하는 건 배우들이지만 이 제4막의 무대에 주역을 맡는 사람은 우리들이지. 조명가, 효과가, 대도구, 소도구 일을 맡아보는 우리들이란 말요. 이를테면 진짜 연극은 이 제4막에 있는 것 아니겠소?"

월리엄 사로얀을 가장 존경한다는 그 청년은 아르메니아계의 인종이었다. 나는 그날 밤 그 청년과 더불어 기분 좋게 취했다. 우선 그 '제4막'이란 이름에 취했다.

그날 밤 이래로 '제4막'은 나의 단골집이 되었다. 45번지니까 42번지에 있는 코모도 호텔과는 가장 알맞은 거리였고 그 거리는 메인 스트리트라 할 수 있어 아무리 깊은 밤이라도 뉴욕에선 가장 위험이 적은 길이었다. 게다가 술값이 싸고 특별히 체면을 생각할 필요도 없는 곳이며 모이는 사람들이 극장 관계의 사람들이라 손쉽게 말을 주고받고 할 수 있는 분위기이기도 했다.

그래 거의 매일 밤 그 집에 들르는 게 버릇처럼 되었는데 코모도에서 나와 리버사이드 드라이브의 아파트로 옮기고 나서도 그 버릇은 그냥 지속되었다. 밤 열한 시쯤 되면 공연히 마음이 들떠 지하철을 타고 '제4막'으로 나오곤 했다.

어느 날 밤, 그 이웃의 극장에서 〈파리에서의 마지막 탱고〉란 영화를 보고 '제4막'에 들렀다.

밖엔 부슬비가 내리고 있었다. 그런 까닭인지 손님은 그다지 붐비지 않았다. 구석진 곳에서 버번 잔을 앞에 놓고 이제 막 보고 온 영화의, 특히 그 마지막 부분인 탱고 춤을 추는 장면을 해석해보려 하고 있었다. 탱고란 춤은 원래 애인끼리가 아니면 출수 없는 농밀한 강도를 만들어내는 그런 춤이다. 그런 춤을 그 영화에선 극도로 희화화함으로써 형편없이 망쳐놓아버렸다. 아마 그 영화를 본 사람이면 전과 같은 감정으로선 탱고를 출 수 없지 않을까 하는 생각마저 들었다. 그런 생각을 하고 있는데 내 앞자리에 초로의 백인이 털썩 하고 앉았다. 그는 전작이 있는 모양으로 "버번" 하고 고함을 질렀다. 그런데 그의 말 가운데 알아들을 수 있는 말이란 그 '버번'이란 단어가 유일한 것이었다.

그는 도대체 어느 나라의 말인지조차 알아들을 수 없는 말을 내게 향해 지껄이기 시작했다. 일방적으로 알아들을 수 없는 말을 듣고만 있기는 거북한 노릇이라서 나도 한국말을 했다.

"이 머저리 같은 녀석아, 상대방이 알아듣는가 못 알아듣는가를 알고 나서 얘기를 하건 말건 해야 할 것 아닌가."
하는 내용의 말이다.

그랬더니 그 친군 내 말을 알아듣기나 한 것처럼 덥석 내 손을 잡아 흔들곤 다시 지껄이기 시작했다. 스페인 말인가 했지만 스페인 말이라도 어감으로서 몇 마디쯤은 알아들을 수 있을 텐데 그것도 아니었다.

"세상엔 참으로 별놈도 다 있지. 너 혹시 정신병자 아냐?"

나는 다시 이렇게 말하고 버번을 비웠다. 그러나 그는 버번이라고 소릴 지르곤 가져온 술을 내 잔에 따르게 하곤 다시 알 수 없는 말을 계속 지껄였다.

그렇게 되니 나는 우리말을 씨부렁거리고 그는 그의 말을 씨부렁거리는, 이를테면 말을 하되 서로 통하지도 않는 대화가 시

작된 셈이다. 서로의 취기가 높아감에 따라 그 장면도 괴상망측
하게 되어만 갔다. 이를테면 다음과 같다.

그: 힐라릿당, 칠라릿당, 프로개밍쿨쿨.

나: 힐라릿당이 아니고, 이 사람아, 칠랑팔랑이다.

그: 니물킬랑 호로치랄펑 운테문테.

나: 확실히 넌 정신 병원에서 빠져나온 놈인데 도대체 어느
   나라 놈인지 그거나 알고 싶구나.

그: 말라카이 잇트그리타.

나: 됐어, 넌 말라카이 놈으로 치자.

주위의 사람들은 우리들이 서로 모르는 말을 갖고 엉뚱한 소
리만 내고 있는 줄을 알 까닭이 없다. 다정한 술친구가 권커니
받거니 하고 있는 줄만 알았을 것이다. 나는 드디어 이렇게 말했
다. 그에게 하는 말이 아니고 내가 나 자신에게 타이르는 그런
말이다.

"제4막이란 이 술집의 주인이 지금 우리가 연출하고 있는 이
드라마를 이해할 수만 있었더라면 자기가 지은 제4막이란 이름
에 잘 어울리는 것이라고 반갑게 여길 것이다. 제3막까지가 정
통적인 연극이라면 지금 너와 나는 확실히 제4막적 등장 인물이
다. 지금 닉슨 씨의 운명도 제4막적인 고비에 이른 모양이고 동
성연애를 찬양하는 데모가 있는 미국도 제4막의 단계에 들어섰
다고 할 수 있을지 모르겠다. 하여간 제4막에서 당신을 만난 것
을 나는 기쁘게 생각한다."

그랬는데 이상도 하지, 그는 내 말을 다 알아들은 것처럼 고개를 끄덕이더니 이젠 자기의 차례다 하는 요량으로 그도 긴 얘기를 시작했다. 무슨 내용인진 몰라도 자기가 하고 싶은 얘길 하고 있는 것이 분명했다. 그런데 그 말은 처음에 들었을 때처럼 어색하지도 않고 억양과 엘러큐션에 음악적인 빛깔마저 있었다. 그건 흡사 다음과 같은 호소로 번역할 수 있을 것 같았다.

'나는 화성 근처로부터 이 지구에 온 사람입니다. 어느 누구 내 말을 이해하는 사람이 없습니다. 사람이라면 말하지 않곤 살 수가 없는 것인데 이 이상 딱한 일이 있습니까. 그래 나는 마음이 내키면 누구이건 붙들고 이렇게 지껄입니다. 양해해주시오. 생리가 달라 이 지구의 말을 배울 수도 없구요. 기껏 미국 술 이름, 버번이란 말 한 개만 마스터했지요.

그런데 당신은 친절하게도 내 얘길 들어주는 척이라도 하니 이렇게 고마울 수가 없소.'

이렇게 번역하며 듣고 있으니 그가 말하는 내용이 꼭 이럴 수밖에 없다는 착각이 들기도 하고 그 마음의 리듬에 따라 고개를 끄덕거리게도 되었다.

그러는 동안 내 잔이 비면 그가 사서 술을 채우고 그의 잔이 비면 내가 사서 술을 채우고 해선 새벽 세 시까지 터무니없는 대화는 계속되었던 것인데 나는 어떻게 아파트로 돌아왔는지도 모를 지경으로 취한 나머지, 그날 오후 세 시쯤에야 잠을 깼다.

그런데 불현듯 뇌리를 스친 생각이 있었다. '워싱턴 스퀘어.

개선문 옆. 오후 다섯 시'에 어젯밤의 그 친구와 만나기로 했다는 생각이었다.

이상도 한 일이구나. 나는 그의 말을 한마디도 알아들을 수 없고 그도 나의 말을 알아들었을 까닭이 없는데 언제, 어떻게 그런 약속을 할 수 있었을까 말이다. 둘이 다 완전히 취한 나머지 혹시 영어로 주고받았을까. 그러나 어젯밤 나는 몇 번이고 영어로 그의 말을 유도해보기도 했으나 허탕이었다. 전연 그는 영어를 몰랐던 것이다. 어젯밤부터 새벽까지의 일이 꿈만 같이 생각되기도 하고 '제4막'이란 술집까지 환상의 장소처럼 여겨지기조차 했다.

그런데도 '워싱턴 스퀘어', '개선문', '오후 다섯 시'란 관념만은 또렷또렷한 것이다. 나는 침대에서 일어났다. 후줄근하게 땀에 밴 파자마를 벗어젖히고 샤워를 했다. 옷을 갈아입고 지하철 정거장 근처에 있는 쿠바인 식당에서 밥을 먹고 시간을 재어보곤 워싱턴 스퀘어로 가보았다.

기적과 같은 일이다. 그 사나이는 반백의 장발 위에 베레모를 얹고 그 자리에 서 있었다. 텁수룩한 수염과 구레나룻에 덮인 그 사나이의 눈은 밝은 빛에서 보았을 때 더욱 부드러웠다.

그런데 그의 옆에 그와 같은 나이 또래의 부인이 서 있었다.

"서로 말을 모르는 우리가 어떻게 이런 약속을 할 수 있었는지 우선 그것부터 알고 싶습니다."

내가 영어로 이렇게 말했더니 부인이 통역을 했다.

"말로써가 아니고 마음으로 했답니다."

나는 그리니치빌리지의 일각에 있는 그들의 아파트로 안내받았다.

세르기 프라토란 이름을 가진 그는 육십 세에 가까우면서도 무명으로 있는 에스토니아 출신의 화가였다. 에스토니아, 그들의 말로는 '에스티'라고 한다는데 조국이 러시아에 의해 강점당했을 때 수많은 피난민에 섞여 미국으로 건너왔다. 미국엘 왔는데도 그는 미국말을 배우려 하지 않았다. 생활의 방편상 부인만은 미국말을 배웠다.

차를 마신 후 나는 그의 화실에 들렀는데 그가 무명으로 있을 수밖에 없는 까닭을 알았다. 그의 그림은 정말 사진을 방불케하는 구상화였다. 돌 하나, 풀 한 포기를 대수롭게 하지 않은 풍경화였다. 부인의 말에 의하면 에스토니아의 해변, 에스토니아의 산, 에스토니아의 들, 에스토니아의 도시, 에스토니아의 바위 …… 모두가 두고온 고향을 기억 속에 정착시키려는 노력인가 보았다. 그러나 그 그림들엔 신운神韻이라고 할 수 있는 기품이 있었다. 그런 뜻과 무명으로 있을 수밖에 없겠다는 사정을 말했더니 부인은

"무명의 예술가가 천주님과 가장 가까운 곳에 있다"며, 오 년 전만 해도 부인이 병원의 잡역부 노릇을 해야만 했는데 지금은 남편의 그림을 병원 환자들에게 팔아 편하게 살아갈 수 있다고 남편의 머리를 안고 키스를 했다.

에어컨디셔너가 있는 핀란드 요릿집으로 나를 초대하고 나서
는 그들은 에스토니아의 얘길 끊이지 않았다. 에스토니아는 작
은 나라이긴 하지만 네덜란드·덴마크·벨기에·스위스보다는
크다는 것이며, 그 아름다운 풍경으로 해서 발트의 공주님이라
고 했다. 문화와 예술의 전통에 대한 자랑도 있었다.

나는 몇 해 전 스톡홀름에서 에스토니아의 망명 정부 요인들
과 만난 이야기를 했다. 그랬더니 그들은 다정하게 나를 끌어안
았다. 세르기 프라토가 뭐라고 하는 것을 그 부인이 통역했다.

"망명 정부라고 하지 않습니다. 우리는 밖에 있는 정부라고
합니다. 안에 있는 에스토니아, 밖에 있는 에스토니아. 밖에 있
는 정부는 십만 이상의 국민을 가지고 있지요. 나도 열심히 세금
을 냅니다. 그것은 등불과도 같습니다. 언젠가는 그 등불이 안에
있는 에스토니아에 광명을 주는 불씨가 될 겁니다."

세르기 프라토 부부에겐, 뉴욕은 하느님이 점지한 그들의 피
난처였다. 워터게이트를 알려고 하지도 않고 게이 피플의 데모
같은 사태를 이래저래 해석해볼 필요도 없었다. 그들에겐 조국
에스토니아에의 향수만 있었다.

"그림을 달리 그릴 수도 있죠. 현대의 화풍을 닮아볼 수도 있
죠. 그러나 내겐 에스토니아의 풍경을 단 한 조각이라도 더 많
이 미국 사람들에게 알리고 싶어요. 그러자면 나는 지금처럼 그
림을 그릴 수밖에 없지 않소? 나는 에스토니아만을 그리고, 에
스토니아 말만을 하는 순수한 에스티 사람으로서 살고 죽으렵니

다."

그리니치 빌리지의 밤은 깊었다.

나는 자리에서 일어서며 마지막 인사를 겸해 이처럼 말했다.

"또 제4막에서 만납시다."

그랬더니 부인이 웃으며 말했다.

"세르기는 일 년에 한 번꼴로밖엔 나들이를 안 한답니다."

나는 고쳐 말했다.

"그럼 삼 년쯤 후에 제4막에서 만나 제4막적인 대화를 나누기로 합시다."

세르기 프라토는 뭐라고 외쳤다.

"아주 좋은 아이디어랍니다."


그렇다. 아주 좋은 아이디어다. 나는 아주 좋은 아이디어 하나를 뉴욕에 심어놓고 있다. 이런데도 뉴욕에 애착하지 않을 수 있겠는가 말이다.

* 출전: 《주간조선》, 1975.

이사벨라의 행방行方

# 이사벨라의 행방

1973년 6월 초순 나는 칠레를 방문했다. 칠레는 가늘고 길기로 유명한 나라다. 남아메리카의 서해안을 끼고 가느다랗게 뻗어 있는 그 길이가 자그마치 4,300킬로, 우리 한반도 길이의 4배쯤이다. 칠레의 축구가 강하다는 소릴 듣고 새삼스럽게 지도를 보며 생각한 적이 있다. 자칫 잘못 차면 볼이 바다로 들어갈 판인데 어떻게 그런 곳에서 축구를 잘할 수 있을까 하고.

칠레에의 입국은 어느 나라의 경우에서보다 극적이었다. 부에노스아이레스를 떠난 비행기가 망망한 초원 위로 한 시간 반쯤 날았을 때 돌연 거대한 산맥이 나타났다. 해발 7천 미터의 아콩카과를 절정으로 아래는 안데스의 연봉이다. 지구의 신비를 더 강조하기 위해 창조된 듯한 그 장대한 경관을 내려다보고 한동안 넋을 잃고 있으니 어느덧 산맥을 횡단한 비행기가 그 산벽 아래에 자리 잡은 산티아고를 향해 급강하의 차림으로 들어섰다.

준엄한 산비탈을 스칠 듯, 눈이 돌 만큼 빠른 수도인데 순식간에 산정은 하늘을 치솟고 칠레 중앙 계곡의 다채로운 경치가 날쌔게 시야에 다가왔다.

지구의 끝까지 온 것이다.

세계 최고의 산맥을 등지고 세계 최대의 해양을 바라보는 지구의 변두리, 삼십 년 전 정복자들은 이곳을 에스트레마두라라고 불렀다. '극지'란 뜻의 스페인 말이다.

그러나 나는 지금 기행문을 쓸 작정은 아니다.


산티아고의 세관은 수월하기 짝이 없다. 여권을 힐끔 보곤 가방을 열어볼 필요도 없다면서 칠레에 머무는 동안 행운이 있길 빈다고 했다. 이럴 때 여행자가 나쁜 기분일 까닭이 없다. 나는 휘파람이라도 불고 싶은 가벼운 마음으로 공항 건물을 빠져나오고 있었는데 조그맣게 네모진 플래카드를 든 소녀가 눈에 띄었다. 다가서며 읽어보니

"웰컴 미스터 리 프롬 코리아."

로 되어 있다.

내가 코리아에서 온 미스터 리라고 하니까 그 소녀는 자기를 이사벨라라고 하며 한 시간 전에 부에노스아이레스의 페르난도로부터 전화를 받았다고 했다. 페르난도는 내가 산티아고에 가거든 찾아가라면서 이사벨라의 전화번호와 주소를 써주었기 때

문에 내일쯤 찾아볼 생각은 했지만 바로 그 이사벨라가 공항에 까지 나와주리라곤 상상도 못했던 터였다. 나는 공항에 빨간 융단을 깔고 칠레의 정부가 국빈 대우를 해주었대도 그처럼 반갑진 않았을 것이다.

이사벨라의 스포츠카를 타고 호텔 칼레라에 도착한 것이 4시 3분, 이사벨라는 프론트에서의 교섭을 거들어주고 방 번호를 알고 나선 두 시간 일에 오겠다면서 떠났다.

호텔 칼레라는 대통령 관저와 그밖의 관청이 둘러 서 있는 광장의 한 귀퉁이에 있는 산티아고 제일의 호텔이다. 대강 짐을 챙겨 놓고 목욕을 하곤 광장을 내려다보며 다시 한 번 지구의 끝까지 왔다는 감회를 새롭게 했다.

신문사 라나시온의 간판에 네온이 들어갔을 무렵 전화벨이 울렸다. 이사벨라가 온 것이다.


"나라의 이름을 칠레라고 한 까닭이 무엇이죠?"

여행자의 질문이란 이렇게 멋쩍다.

칠레 대학교의 인문학과에 다닌다는 이사벨라 멘도사는 새하얀 이빨을 드러내 보이며 웃곤

"나라의 이름에 합리적인 까닭이 꼭 있어야 하나요? 은이라곤 한 줌도 나지 않는 나라의 이름이 아르헨티나라고 하는 걸요."

그러면서도 이사벨라의 설명은 친절했다.

"해변에 가면 트리레스란 작은 물새들이 있어요. 그 물새들

울음소리가 치일레 치일레로 들린답니다."

"새들이 지은 이름이다. 그겁니까?"

"또 다른 의견이 있죠. 아이마라 족의 방언엔 땅의 끝을 칠레라고 한답니다. 이를테면 땅의 끝이니까 칠레라고 한다는 거죠. 이 밖에 페루의 인디언은 춥다는 말을 칠리라고 한다나요. 그대로라면 칠레란 추운 나라란 뜻이구요."

"지금은 겨울 아닙니까? 그런데도 그다지 춥다곤 할 수 없는데요."

"페루는 더운 나라가 아녜요? 더운 나라에서 여름 옷을 입고 인디언들이 왔다가 추위에 놀란 탓으로 칠리라고 했겠죠. 여름이라도 밤엔 추우니까요."

"세뇨리타 이사벨라는 어느 쪽의 해석을 좋아합니까?"

"굳이 선택해야 한다면 난 물새들의 울음소릴 따르겠어요."

"그 까닭은?"

"순진하고 무구하고…… 그런데 동양의 신사들은 모두들 그렇게 따지길 좋아하나요?"

콘스티튜션 플라자란 이름의 광장을 걸으면서 이렇게 시작된 우리들의 대화는 아우마다 거리의 레스토랑과 술집을 헤매 새벽 세 시에 헤어질 때까지 끝날 줄을 몰랐다.

칠레의 역사와 한국의 역사가 교차했다. 닮은 데보다 다른 점이 더 많긴 했지만 극동의 나라와 극남의 나라의 공통점을 찾기란 그다지 힘들지 않았다. 무릇 진지한 고민엔 누구든 공감할 수 있는 것이며 행복한 미래를 꿈꾸는 마음은 인류 공통의 것이다. 게다가 피차 상대방의 사정에 전연 무식하면서도 호의에 넘쳐 있기만 하면 말하는 심정을 더욱 신나게 하고 듣는 태도를 보다 겸손하게 한다.

그 후 나는 열흘을 칠레에서 머무는 동안 이사벨라와 많은 시간을 같이 보내게 되어 다음과 같은 농담을 주고받을 만큼 친숙하게 되었다.

"이사벨라란 이름은 아름답습니다."

"웬걸요. 부모님의 상상력이 빈곤한 탓으로 지어진 이름이에요."

"천만의 말씀을."

"이사벨라란 이름은 스페인계의 나라에선 쓸어 담을 만큼 많아요. 거리에 나가서 이사벨라 하고 불러보세요. 지나가는 여자의 반쯤은 돌아볼 테니까요."

"하늘엔 별들도 많지만 그 가운데서도 휘황하게 빛나는 별이 있지 않습니까? 세뇨리타는 이사벨 가운데의 이사벨."

"그건 동어 반복 아녜요?"

"동어 반복은 아니지. 많은 것 가운데의 오직 하나, 즉 논리학적으로 말하면 선언적 판단이 될 테니까요."

"논리학 좋아하시죠?"

"좋아하고 안 하고는 별문제로 하고 필요한 학문이라곤 생각하죠."

"난 논리학 싫어요."

"그건 또 왜?"

"사상과 감정은 물처럼 공기처럼 유연한 게 아녜요? 그걸 일정한 틀에 잡아넣으려는 것이 논리학 아녜요?"

"헝클어진 사상을 정돈하려는 거지. 틀에 잡아넣으려는 것은 아닐 텐데요."

"아무튼 논리학에 구애되긴 싫어요."

"형식 논리학이면 모르긴 해도 논리엔 형식 논란만 있는 게 아닙니다. 변증법적인 논리도 있고, 불교적인 논리, 즉 '인명'이란 것도 있어요."

"하여간 나는 논리학은 사상을 키우는 역할보다 사상을 질식시키는 작용을 한다고 생각해요."

"이사벨라는 예술가이시구먼, 예술가는 대개 논리를 싫어하죠."

"열등생은 논리를 싫어한다를 그렇게 바꿔 말한 게 아녜요? "

"신랄하군."


산티아고에서의 열흘 동안은 이사벨라 덕택으로 내 일생에 있어서 잊을 수 없는 나날이 되었다. 이사벨라의 인상이 칠레 전체의 인상으로 확대되어 나는 칠레를 진정 사랑하는 마음을 가졌다.

나는 산티아고를 떠나 거의 두 달 반 동안을 중남미와 합중국 이곳저곳을 헤매다녔지만 하루도 산티아고와 이사벨라를 잊은 적이 없었다.

드디어 뉴욕으로 돌아와 허드슨 강을 눈앞에 보는 리버사이드
의 아파트에서 이사벨라가 있는 칠레의 풍경을 그릴 요량을 세
웠다. 산타루치아의 공원과 그 공원에서 바라뵈는 산티아고의
전경, 유칼리의 거목이 가로수를 이루고 있는 농촌 풍경, 센트존
의 보도, 술의 열기와 겨울밤의 한기가 미묘한 감도로 느껴지는
공기의 내음과 같은 것, 이에 곁들여 이사벨라의 둥글고 큰 눈이
발하는 광채와 말의 억양을 그릴 수만 있으면 나의 산티아고는
그림으로 이루어지는 것이다. 어렵기는 하겠지만 보람은 있을
작업일 것이었다.

그런데 칠레에 쿠데타가 터졌다는 보도가 날아들었다. 1973
년 9월 12일의 미국의 텔레비전은 아침부터 그 전날 발생한 쿠
데타의 소식을 되풀이 보도하고 있었는데 나는 하루 종일 정신
을 차릴 수가 없었다.

하기야 쿠데타에 관한 이야기는 나와 이사벨라와의 화제에도
올랐었다.

산티아고의 중앙부를 횡단하고 조금 한적한 듯한 거리에 들어
서면서였다. 내가 물었다.

"이 거리의 이름이 뭡니까?"

"베르나르도 오이긴스라고 해요."

"그 까닭은?"

"그 까닭은 분명하죠. 베르나르도 오이긴스는 우리나라 초대 대통령입니다."

그 거리를 걸어가노라면 칠레 대학교, 가톨릭 대학교, 역사 박물관 등이 있다. 나는 눈으로 장엄한 건물들을 보며 귀로는 이사벨라가 말하는 칠레의 역사를 들었다.

칠레에 들어온 최초의 백인은 피사로와 더불어 잉카 제국을 정복한 알마그로다. 알마그로는 1535년 황금을 찾아 안데스의 준령을 넘어왔다. 그러나 원주민 아라우칸 족의 심한 저항을 누를 수 없어 쿠스코로 퇴각하고 말았다. 그로부터 5년 후, 피사로의 부하, 발디비아가 들어와 산티아고의 터전을 닦았다.

칠레에 독립 전쟁이 시작된 1810년 9월 18일. 이날 독립 선언이 있었다. 많은 전투가 수년에 걸쳐 있었다. 많은 사람이 죽기도 했다.

"9월에 한번 오세요. 9월은 칠레에서 봄일 뿐 아니라 독립 기념의 축제가 있는 날예요."

그날엔 산티아고의 거리마다에 술과 노래와 춤으로 엮어진 축제가 꽃핀다고 했다.

"헌법이 1833년에 재정되었죠. 라틴 아메리카에선 최초의 것이에요. 1925년에 그 일부가 개정되었지만요."

"쿠데타가 발생하면 언제 그것이 폐기될지 모르는 일 아닙니까?"

나는 덤덤히 말했는데 이사벨라는 발끈했다.

"우리 칠레는 쿠데타란 없는 나랍니다. 그런 점으로서도 라틴 아메리카에선 가장 진보된 나라죠. 1932년 이래, 그러니까 40년 동안 그런 일이 없었으니까요. 군부는 정치에 절대로 개입하지 않기로 돼 있어요."

"그럴까요?"

하고 애매하게 내가 웃었더니 이사벨라는 노골적으로 싫은 표정을 했다.

"칠레엔 이미 민주주의 전통이 뿌리를 박고 있답니다. 아르헨티나나 브라질과 달라요. 페루 같은 나란 상대도 안 되구요."

"쿠데타는 문자 그대로 갑작스러운 사태입니다. 갑작스러운 사태를 어떻게 예상할 수 있겠어요. 자연 현상에 비유하면 지진과 같은 것 아닐까요. 든든한 대지, 고요한 공기, 아름다운 산천, 누가 지진이 있을 거라고 상상했겠소. 그런데 지진이 있거든요. 칠레도 지진 때문에 적잖은 손해를 입은 나라가 아닙니까?'

"지진과 쿠데타는 달라요. 우리 칠레엔 절대로 쿠데타가 없을 것이니 걱정 마세요."

이사벨라가 이렇게 단언적으로 말할수록 나의 쿠데타에의 예감은 짙어만 갔다. 한적한 오이긴스의 거리에마저 폭풍우의 전조 같은 것이 느껴지기도 했다. 그러나 나는 이사벨라를 자극할 말을 피해가며 조용히 중얼거렸다.

"군대가 칠레의 공산화를 속수무책으로 지켜만 보고 있을 까닭이 없을 텐데."

이에 대해 이사벨라는

"군대 내에도 아옌데 대통령의 지지파가 있으니 설혹 일부에서 쿠데타할 생각을 가지고 일어서도 성공하진 못해요."
하고 거듭 단언적으로 말했다.

하지만 이사벨라는 아옌데에 대해선 비판적이었다.

정치가로선 전 대통령이었던 프레이 씨가 월등하다는 것이고, 아옌데는 전 유권자의 3분의 1밖엔 안 되는 득표수로 당선된 사람임에도 불구하고 전 국민의 지지를 받고 있는 양 행세하고 있는 것이 틀려먹었다고 했다.

"이런 점이 미국과 불화를 자아내는 원인이 되고 나아가 경제의 파탄, 사회의 불안을 자아내게 된 거죠."

"그럼 세뇨리타 이사벨라는 쿠데타가 일어나면 환영하시겠네요."

"천만에요. 앞으로 3년만 기다리면 투표로서 새 지도자를 선출할 수가 있는데 무엇 때문에 쿠데타 같은 불길한 사태를 환영하겠어요."

"3년 후엔 아옌데 정권이 물러선다고 확신합니까?"

"확신합니다. 칠레에서 공산 정권이 성공할 까닭이 없으니까요."

"그럼, 3년 후에 누가 대통령이 될 거라고 생각합니까?"

"프레이 몬탈바 씨가 되겠죠."

"그 사람이 1970년 선거에 아옌데에게 패배한 사람 아닙니까?"

"칠레에선 대통령이 연속 중임은 못하게 돼 있어요. 프레이 씨는 지난번 선거 때엔 출마하지도 않았어요."

"프레이 씨를 지지하는 까닭은?"

"첫째 민주주의 성격의 소유자이고요. 생활이 청렴하구요. 무엇보다도 칠레 국민의 최대 공약수적인 요구를 잘 파악하고 있어요."

"대단히 보수적인 정치가인가 보죠?"

"그렇진 않아요. 대담한 토지 개혁과 동광의 반국유화, 사회보장 제도를 위해서 열성적인 정치가예요."

"아엔데를 미워하는 까닭은?"

"미워하진 않아요. 지지하지 않는단 뿐이죠. 특정한 사상에 사로잡히면 현실 감각은 무디게 되는 것 같아요."

"당신이 아니더라도 아엔데를 지지하는 사람은 많을 테니까."

"선거 땐 3분의 1의 지지를 받았지만 만일 지금 투표를 한다면 아엔데는 전 국민 5분의 1의 지지도 받지 못할 겁니다."

이렇게 말하면서도 이사벨라는 끝끝내 쿠데타는 없을 거라고 했고, 있어선 안 될 것이라고도 했다. 그런데 쿠데타는 있고야 말았으니⋯⋯.

이사벨라와의 사이에 쿠데타에 관한 대화가 있은 그 이튿날의 오후, 나는 호텔 창문 너머로 노동자들이 데모를 하고 있는 광경을 보았다. 사람의 파도 위에 플래카드의 파도가 겹쳤다. 입마다 소리마다 아옌데, 아옌데, 아옌데. 깃발마다 아옌데, 아옌데, 아옌데, 그런데 아옌데란 글자는 알아볼 수 있으나 다른 글자는 무엇을 뜻하는 것인지 알 수가 없었다.

때마침 메이드가 소제하러 들어왔기에 플래카드에 뭐라고 쓰여 있느냐고 물어보았다. 노년에 가까운 메이드는 한참 동안 광장 쪽을 내려다보고 있더니

"백만 번 죽어도 우리는 아옌데를 지지한다."

고 또박또박한 영어로 번역해주곤

"백만 번 죽다니, 죽어서 무엇을 지지하노. 어떻거든 살아서 지지를 하든 말든 해야지, 어떻거든……."

하고 중얼거리며 밖으로 나갔다. 그 메이드의 에니하우란 단어의 발음이 어쩐지 내 마음에 남았다.

보니까 플래카드마다 그렇게 쓰여 있는 모양이었다. 나는 그 글귀를 머릿속에 되뇌면서 데모하는 군중을 계속 지켜보았다.

이렇게 거센 군중의 파도 앞에선 아옌데 타도의 쿠데타는 성공할 가망이 없다는 생각과 폭풍을 예감한 선창의 쥐들의 광란처럼 이 군중들도 어떤 예감에 사로잡혀 저렇게 광란하고 있는 것이 아닐까 하는 생각이 상심 위에 무늬를 엮었다.

그러나 나는 목전에 있는 군중들의 시위를 믿지 않을 수 없는 데다가 이사벨라의 희망적 관측에 감염되어 칠레의 정정이 약간 불안하긴 하나 쿠데타가 발생하지 않을 것이란 생각으로 기울었다.

그런데다 산티아고를 떠난 2주일 후, 어떤 기갑 사단의 연대 병력이 쿠데타를 기도했으나 네 시간 만에 진압되었다는 칠레로부터의 소식을 볼리비아에서 듣곤 이사벨라의 견해가 옳은 것이란 확신을 갖게까지 했다.

그랬던 것인데 드디어 칠레에 쿠데타가 발생해선 아옌데 대통령을 비롯해 수천 명이 사살되고 수천 명이 체포되었다고 들으니 그 군중들의 열띤 표정과 아우성 소리가 선명한 색채로서 상기되는 것이다.

"백만 번 죽어도 우리는 아옌데를 지지한다."

허망한 메아리만 남았다.


생각하기에 따라선 아옌데는 그 불굴의 의지력과 투쟁력을 총동원해서 스스로의 비극과 칠레의 비극을 준비했다는 느낌이 든다. 그의 현실 감각의 부족이 칠레에서 민주주의의 뿌리를 뽑아 버린 것이 되었기 때문이다. 40년 이래 없었던 군사 쿠데타를 유발해서 라틴 아메리카에선 일찍이 그 선례를 보지 못했던 대규모의 유혈극을 빚었다는 것은 그 주의와 사상에 대한 비판은 고사하고 정치력의 결핍만으로도 비난의 대상이 될 수가 있다.

그는

"나는 투표를 믿는다."

고 말했고 그의 정적, 프레이마저도 이 말의 성실성을 의심하지 않았다고 하니 폭력 혁명으로 국가를 전복하려고 드는 과격파

170

좌익분자와는 달리 취급해야 하겠지만, 아옌데는 라틴 아메리카에선 폭력 없는 좌익 혁명은 불가능하다는 것을 나름대로 실증한 셈이 되었다.

나는 아무 일도 손에 잡히지 않아 닥치는 대로 칠레의 쿠데타에 관한 기사를 모으고 있었는데 우연히 《르누벨 옵세르바퇴르》의 편집자 롤리비에 토드의 글이 눈에 띄었다. 그 글 가운데 다음과 같은 대목이 있었다.

…… 아옌데즘은 마오쩌둥 노선, 카스트로 노선, 그 밖의 갖가지 과격한 사회주의 노선에 대한 가장 효과적인 대안이라고 할 수 있었다. 그런데 아옌데의 실각으로 인해 다음과 같은 삼단 논법이 성립하게 되었다. 칠레에선 사회주의와 공산주의가 협동하는 정치를 했다. 그러나 그것은 실패했다. 그러니 그런 수작은 언제 어디서나 실패할 것이다…….

나는 이에 이렇게 덧붙이고 싶다.

아옌데의 실패가 좌익 진영 내의 온건파와 과격파와의 논쟁에 종지부를 찍어 평화적 수단에 의한 혁명의 불가능을 강조한 나머지 과격파로 하여금 더욱 과격하게 행동케 하는 계기가 될지 모른다는 경각심을 갖게 한다고. 동시에 아직 민주주의가 성숙하지 못한 후진국에겐 이 칠레에서의 시련이 정권 담당자로 하여금 정치의 본령을 넘어서까지 정권의 보위를 위해 광분케 하는 자극으로서 작용하게 될 것이라고…….

그러나 나의 주된 관심이 칠레의 정치에 있는 것은 아니다. 이사벨라가 받은 충격, 이사벨라의 안부가 걱정인 것이다.

나는 다시 이사벨라와의 대화를 상기한다.

"만일, 천에 하나, 만에 하나라도 말요, 쿠데타가 발생하면 이사벨라는 어떻게 할 거요?"

내가 이렇게 물었을 때 이사벨라는 한참을 생각하더니 고개를 갸웃하며 말했다.

"나는 사흘쯤 울다가 나흘째쯤 학교로 나가 도서관에서 알레산드리의 전기를 다시 한 번 읽고  알레산드리 대망론을 쓰겠어요."

"알레산드리가 누군데요?"

"1920년대의 혼란기를 이겨 남아 1932년 대통령에 취임해선 헌정을 수립하고 그 이래 평화적 정권 교체가 가능하게끔 전통을 만든 위대한 정치가입니다."

"그런 정치가가 빨리 나오도록 바라겠다는 뜻이군요."

"그럼요. 우리의 땅덩어리는 태평양 기슭에 지렁이처럼 붙어 있는 볼품없는 형태를 하고 있어도 우리의 정치 의식은 영국과 프랑스 못지않게 건전하답니다."

"알레산드리 얘길 더 해봐요."

이사벨라는 조용히 알레산드리의 공적을 들먹였다. 그리고 덧붙였다. 그는 몇 번이나 실각해서 비참한 구렁텅이에 빠지기도 했지만 다시 살아났을 땐 환영하는 군중들이 너무나 기뻐 날뛰었기 때문에 밟혀 죽은 사람이 수없이 나타날 정도였다.

그 얘길 듣고 내가

"그럼 이웃 나라의 페론 같은 사람이었구만."

했더니 이사벨라의 얼굴이 단번에 변했다.

"아르헨티나의 페론 같다니, 터무니도 없습니다. 알레산드리는 독재자가 아녜요. 민주 제도를 확립한 민주주의자예요. 굳이 비유한다면 에이브러햄 링컨과 윈스턴 처칠을 합친 것 같은 인물이라고나 할까요."

"나는 링컨은 좋아하지만 처칠은 좋아하지 않습니다."

"왜요?"

"인도의 마하트마 간디를 아시죠?"

"알고 말고요."

"그 마하트마 간디가 처칠을 찾아간 적이 있답니다. 그랬는데 처칠은 인도의 거지완 만날 흥미가 없다면서 거절했습니다. 나는 이 얘길 듣곤 처칠이 아무리 훌륭한 인물일지라도 그를 좋아하지 않기로 했습니다."

"그렇다면 나도 지금부턴 처칠을 좋아하진 않겠어요."

얘기가 이쯤으로 진행되고 있었을 때는 우린 오이긴스 거리를 지나 프로비덴시아란 주택가에 들어서고 있었다. 프로비덴시아는 주로 부호들만 살고 있는 지대라고 했는데 이사벨라의 집은 이곳에 있었다. 그의 집으로 안내하면서 이사벨라가 한 말은

"우린 부호는 아니지만 아버지가 남긴 집이 있어서 그냥 여기서 계속해서 살고 있죠."

이사벨라가 과연 사흘을 집 안에서 울고 지내고 나흘째 학교로 나가 도서관에서 알레산드리의 전기를 읽었을까.

9월 13일 전화를 걸었으나 산티아고와의 일반 전화는 불통이란 교환수의 말이었다. 부에노스아이레스의 페르난도에서 전화를 걸었더니 출타 중이란 얘기여서 적이 불안했는데 이튿날 새벽 그로부터 전화가 걸려왔다. 이사벨라의 소식을 묻자 그곳에서는 전화가 불통이라 알 수는 없지만

"그 트리레스 같은 소녀에게 무슨 일이 있을라고."
하는 낙천적인 답이었다.

그러나 사태는 결코 낙천적일 수 없었다. 뉴욕 타임스는 연일 칠레의 검거 선풍을 보도하고 있었는데 너무나 많은 정치범을 체포했기 때문에 수용 시설이 모자라 공설 운동장에 억류하고 있다고 했으니 알아볼 만한 일이었다. 뿐만 아니라 칠레의 대학에서 체포된 교수와 학생을 합쳐 1,520명이나 된다는 보도가 있었다. 아옌데에 무관심한 소녀일지라도 쿠데타에 반발하는 빛을 숨기지 않았을 것이니 이사벨라가 1,520명 가운데에 끼었을 공산이 컸다.

나는 안절부절못한 기분으로 전화를 걸기도 하고, 편지를 보내기도 했으나 9월 30일 그때까지 이사벨라의 안부에 관해 아무런 단서도 잡지 못했다. 다시 칠레로 가서 직접 살펴보고 싶은

마음이 간절했지만 그럴 사정도 못 되었고 돈도 없었다.

고국으로 돌아온 뒤에도 나는 몇 차례 산티아고에 편지를 띄웠다. 그러나 회신은 없었다. 그런데 작년 여름 페르난도로부터 거의 절망적인 편지가 왔다. 이사벨라는 쿠데타가 발생한 그 이튿날부터 행방불명이 된 채로 아직껏 그 생사조차 모른다는 것이다.

작년 2월, 나는 빈의 펜 대회에 참석했다.

마지막 집행 위원회에 칠레의 추방안이 상정되었다. 칠레의 대표는 그 위원회에서 격렬한 항변을 했다.

"공산 국가에선 우익 인사라고 보면 누구건 아랑곳없이 투옥하고 학살한다. 그들은 우익을 적이라고 생각하고 있기 때문이다. 그런데 우리들이 좌익에게 관대해야 할 까닭이 어디에 있느냐 말이다. 그들은 우리들의 적이다. 그들이 우리를 적이라고 치고 있는 것과 같은 이유에서다. 적이라면 문인이고 예술가이고 상관할 바 없다. 우리가 그들을 투옥했다면 문인이기 때문에 투옥한 것도 아니고 예술가이기 때문에 투옥한 것도 아니다. 적이기 때문에 오로지 그 이유만으로 투옥한 것이다. 우리들에게도 여러분과 마찬가지로 살 권리가 있다. 적은 우리에게 살 권리를 박탈하려고 한다. 그러니 우리들은 살기 위해서 적을 말살하지 않으면 안 된다. 펜 대회가 칠레를 추방하려는 것은 적을 말살할 것이 아니라 적에게 말살당해야 옳은데 그렇지 않았으니 나쁘다고 하는 것이나 마찬가지다. 하늘 아래 그런 논리가 어떻게 가능하단 말이냐……."

조그마한 비난도 오블라투에 싸서 내놓아야 하는 물에 물 탄 듯 장에 장 탄 듯한 말들이 오고 가기가 일쑤인 펜 대회의 석상에서 이처럼 직설적이고 초논리적인 언변을 예사로, 당당히 해대는 모습은 실로 장관이었다. 그 웅변에 겁을 먹은 탓인지 결국 칠레의 추방안은 보류되고 말았다.

그날 밤 나는 칠레의 그 웅변가 마리오 아그넬로를 호텔 스낵 바에 초대해서 그 용감함을 추겨주었다. 그랬더니 그는 으쓱하면서

"모두들 위선자들이다. 문학은 위선에서의 탈출이라야 한다." 고 기고만장했다.

그 틈을 타서 나는 이사벨라의 소식을 알 수 없을까 하고 의논을 걸었다. 이사벨라가 결코 좌익이 아니란 증거를 내세워 나는 그에게 간청을 했다.

"그런 사람이면 절대로 안전할 것이다. 혹시 유탄에 맞았을 경우가 있을진 몰라도……." 하며 그는 쾌히 나의 제안을 승낙하고 이사벨라의 이름과 주소를 그의 수첩에 적어 넣었다.

나는 12월 10일까지 알릴 수 있을 경우엔 파리의 호텔로 하고, 그 시일이 넘을 경우엔 한국으로 하라고 예약한 호텔의 이름과 서울의 주소를 적어주었다.

그런데 파리에서 거의 한 달을 기다려도 마리오로부터의 회신

이 없었고 집으로 돌아와도 마리오의 회신은 없었다. 지금까지도 없다.

이사벨라는 어디에 있을까.

알레산드리의 얘길하면서 이사벨라는 이렇게도 말했었다.

"1924년과 25년 일 년 동안에 대통령이 여섯 차례나 바뀌고 1931년의 7월부터 1932년의 12월까지엔 여덟의 대통령이 교체되었어요. 그런 혼란을 알레산드리는 극복한 겁니다."

피노체트의 정치가 적화라고 하는 최악의 경우보다는 낫다고 할 수는 있으나 최상의 상태라곤 말할 수 없을 때 1920년대의 혼란을 되풀이하는 화인을 내포하지 않았다고 아무도 단언할 순 없을 것이다. 칠레의 전도는 다난하다.

허나 칠레의 정치는 내가 알 바가 아니다. 그 미래도 나의 관심 밖의 일이다. 내게 절실한 건 이사벨라의 행방이다. 그 갈색의 머리칼, 새하얀 이빨의 눈부신 웃음, 세상의 악을 알 까닭이 없는 천진한 눈동자, 활달한 걸음걸이에 알맞은 스포티한 몸매…… 그토록 아름다운 이사벨라가 횡액에 쓰러졌다면 그것이 비록 유탄에 맞은 경우라도 칠레엔 광명이 없다. 하지만 그런 일은 상상조차 싫다.

아아, 이사벨라는 지금 어디에 있을까?

* 출전: 《철학적 살인》, 서음출판사, 1978. (원출전: 《뿌리깊은나무》, 1976. 7.)

유리瑠璃빛 목장牧場에서
별을 삼키다

# 유리빛 목장에서 별을 삼키다

비엔나. 1975년 11월 25일 아침 나는 일어나자마자 커튼을 제쳤다. 그날도 하늘은 흐려 있었다. 그런데도 힐튼 호텔의 8층에서 내려다뵈는 거리는 그 길도 건물들도 물걸레로 구석구석을 행주질까지 한 것처럼 깨끗하고 우아했다. 비엔나는 이제 잠을 깬 황후처럼 마제스틱한 아침을 시작하려는가 보았다.

'날씨는 흐려도 비엔나는 아름답다.'
는 새삼스러운 감회에

'아무리 아름답기로서니 나는 내일 비엔나를 떠나야 한다.'
는 나그네의 비애가 섞였다.

세수를 하고 식당으로 내려갔다. 건강미가 넘치는 오스트리아 처녀의 시중을 받으며 아침 식사를 하는 것도 하나의 호사이다. 나는 신문 매점이 문을 열 때까지의 시간을 재어보며 천천히 식사를 했다. 신문 매점은 정확하게 아홉 시에 문을 열었다. 시간이 되었을 때 1층 신문 매점으로 갔다. 《르몽드》를 비롯한 몇 개의 신문을 샀다. 《르몽드》는 11월 21일자의 것이었다. 제1면 톱의 지면에 가로 폭을 꽉 채워

"프랑코 장군 별세하다."

라는 컷이 뽑혀져 있고 바로 그 아래엔

"토요일, 후안 카를로스 왕자가 스페인의 왕이 될 것이다."

란 부제가 달려 있었다.

'드디어' 하고 나는 생각했다. '프랑코는 그가 이끈 시대와 더불어 영원히 갔다.'

나는 로비의 한구석에 자리를 잡고 그 기사를 읽기 시작했다.

한 달 이상의 병환 끝에 스페인의 국가 원수인 프란시스코 프랑코 바아몬데 장군은 11월 20일 목요일 별세했다. 그 사망 시각은 5시 50분이라고 공식 발표 되었는데 마드리드의 신문들은 4시 50분으로 보도하고 있다. 오는 12월 4일로서 83세가 되는 프랑코는 1936년 10월 1일 이래 스페인의 절대 권력을 장악했었다. 그의 장례식은 11월 23일에 있을 예정이고 장지葬地는 마드리드에서 50킬로미터 상거에 있는 전사자의 계곡으로 될 것이다. 그는 그곳에서 39년 전에 죽은 팔랑헤의 창시자의 호세 안토니오 프리모 데리베라와 무덤을 나란히 한다. 그리고 그의 권력은 지난 10월 30일 후계자로 지명된 바 있는 후안 카를로스 왕

자에게로 넘어가게 된다. 아리아스 나바로는 "스페인은 이제 과부가 되었다기보다 고아가 되었다"고 울면서 담화를 발표했고 정부수반은 프랑코의 유언을 읽었다. 프랑코는 그 유언에서 자기는 교회의 충실한 아들임을 밝히고 자기도 용서를 할 테니 남도 자기를 용서하길 바란다면서 그러나 스페인과 크리스천의 전통적인 적敵에 대해선 언제나 경각심을 잃지 말라고 호소했다.

그다음 기사는 37세인 후안 카를로스 왕자에 관한 소개와 6개월 동안만 무조건 자기에게 협조하라는 그의 소망을 담은 것이었는데, 그 기사가 제1면의 일부분과 제3면 전부를 채우고 있다. 제2면엔 프랑코의 소상한 연보年譜가 있었다. 1892년 갈리시아의 해변에서 태어난 그가 사관 학교를 거쳐 장교가 되어선 내란을 겪고 권력의 정상에 올라 그 후 스페인을 지배한 37년 동안의 그 궤적을 기록한 것이었다.

제4면엔 각계의 반응이 수록되었다.

샤를르 휴스 왕자는 "평등 원칙에 위에 모든 반대 당까지를 포함해서 정부를 구성해야 한다"는 의견을 내세웠고, 호세 말드나드는 "왕정은 혼란을 초래할 뿐"이라고 했고, 스페인 공산당의 당수 산티아고 카리요는 "현 실정에 맞는 임시 정부 수립"을 제의했다. 그리고 "프랑코는 죽어도 그 압제 정치는 계속될 것이 아닌가" 하는 우려의 표명도 있고, 프랑코가 살고 있는 파르도 궁전은 프랑코주의의 박물관으로 전환해야 한다는 성급한 제의도 있었다.

44페이지 분량의 3분의 1이 프랑코의 관계 기사로서 차 있는 《르몽드》를 다 읽고 나니 어느덧 점심시간이 돼 있었다. 그러나 식사할 기분이 나질 않았다. 나는 호텔 건너편에 있는 공원으로 들어갔다. 발에 밟히도록 마로니에의 잎이 깔려 있는 공원 길을 걸으면서 나는 프랑코의 의미를 생각해보려고 했던 것이다.

극동의 반도에서 온 가난한 작가가 비엔나의 공원을 걸으면서 스페인과 프랑코를 생각해보는 것도 과히 나쁘지 않다는 센티멘털리즘의 작용이기도 했다.

맨 먼저 뇌리에 떠오른 게 있었다. 일리야 예렌부르크의 《예술가의 운명》 속에 있는 한 토막이다.

시인 안토니오 마차도와 역시 시인인 미겔 에르난데스의 운명을 적은 이 기록은 스페인 내란을 생각하기만 하면 그 생각을 슬프게 물들이는 나로선 잊을 수 없는 작품이다.

내란이 막바지에 이르렀을 무렵, 마차드는 망명자들의 무리에 섞여 프랑스 국경을 넘으려다가 숙환인 천식의 악화로 코리우르의 여관 방에서 죽었다. 한편 미겔은 포르투갈 국경에서 체포되어 알리칸테의 감옥에서 죽었다.

예렌부르크가 적은 한 대목은 이렇다.

헤어지면서 마차도는 나를 보고 말했다. "우리들은 졸렬한 전쟁

을 했어요. 게다가 무기도 부족했구요. 그러나 스페인 사람들을
심하게 탓하진 마십시오. 전술가·정치가·역사가 들에게 있어
선 이미 사건은 끝난 겁니다. 우리들은 전쟁에 졌어요. 허나 인
간적으론? 알 수가 없죠. 혹시 우리가 이겼을지라도 모르는 일
아닐까요……."

파블로 네루다의 《망신당한 토지》도 내 기억에 깊이 새겨져
있다.

한없는 침묵으로 끝없는 수난으로 침몰된 이 지역, 맥박이 단절
된 이 바위, 밀과 개나리꽃 대신 말라붙은 피자욱과 범죄로 덮여
진 이 토지, 말라가는 죽음의 쟁기에 갈리우고 낭떠러지 사이로
추적당해선 드디어 광란한 어머니들이 이제 갓 낳은 애기들을
돌로 친다.

케스틀러의 《스페인의 유서》는 상처받은 동물의 신음을 닮아
있다. 오웰의 《카탈로니아 찬가》는 허공을 향한 고립무원의 고
발이다. 마땅히 저주라고 해야 할 자리에 찬가라는 말을 꼽았을
때 그의 가슴은 피를 토하고 있었을지 모른다. 루이스 맥니스의
《가을의 일기》는 가시 돋친 탄식이며 랠프 베이츠의 《전설의 시
대》는 있지도 않는 고향을 그리는 향수라고나 할 수 있을까. 헤
밍웨이의 《나비와 전차》, 《누구를 위하여 종을 울리나》는 허무를

배워버린 인정人情의 비애에 서려 있다. 더스 패서스의, 오든의, 스펜서의, 앙드레 말로의 비통한 소리들······.

그런데 이들과는 반대되는 극으로 감정을 휘몰아 세운 루이 불라작, 로이 캠벨 등은 또 어떻게 되었단 말인가. 그러나 이러한 기억의 숲을 감상적으로 헤매고 있다고 해서 프랑코의 의미가 잡혀질 까닭이 없다.

나는 사고思考의 방향을 돌렸다.

몰로의 《스페인의 혁명과 반혁명》, 볼케나우의 《스페인 혁명, 그 실견기實見記》, 프레낭의 《스페인의 미로》, 휴 토머스의 《스페인의 내란》 등을 상기해보았다.

능히 거대한 도서관을 채울 만한 스페인 내란 관계의 전 문헌全文獻으로서 보면 구우일모 격九牛一毛格이긴 하지만 내 딴으론 꽤나 읽고 있는 셈이다. 그러나 산일된 기억의 탓만이 아니라 그런 문헌 가운데서 프랑코의 의미를 찾아내기란 역시 불가능한 노릇이란 걸 깨달았다. 당파심에 의해 감정은 물들고 그렇게 물든 감정은 대상의 백白을 흑黑으로 만들어버릴 수도 있다.

그런 뜻에서 다음과 같이 쓴 조지 오웰은 과연 천재적인 통찰력을 가졌다고 할 수 있다.


스페인 전쟁의 역사는 어떻게 쓰여질 것인가. 만일 프랑코가 계속 권력을 장악한다면 그로부터 지명을 받은 자들이 그 역사를 쓸 것이다. 그렇게 되면 있지도 않은 원인들이 있게도 되어 몇 세대 후의 사람들은 그것을 그냥 사실대로 받아들일 것이다. 궁극적으로 파시즘이 패배하고 가까운 장래 스페인에 민주주의적인 정부가 수립되었었다, 하자. 그럴 경우 스페인의 역사는 어떻게 쓰여질 것인가. 프랑코는 어떤 기록을 남겨줄 것인가. 공화정부의 기록을 회복한다고 치고 진정한 스페인 역사가 쓰여질수 있을까. 이렇게 의심해보는 까닭은 기왕에 있어서 공화 정부도 많은 거짓말을 하고 있기 때문이다. 반파시즘이란 시점에선대체로 진실을 전할지는 모른다. 그러나 세부에 이르면 결국 신용하지 못한다. 당파적인 역사가 되고 말테니까 그렇다. 하여간무슨 식으로라도 역사는 쓰여질 것이다. 실지로 전쟁을 기억하고 있는 사람들이 죽어버리면 그런 역사가 부정확한 편향을 가지고 있다는 사실을 우리도 알고 있다. 그런데 현대의 특징은 진실로서 역사를 쓸 수 있다는 그 생각 자체를 포기해버린 점에 있는 것이다.

오웰은 또 스페인 전쟁의 본질을 정확하게 이해하려고 들면 "어느 편도 다 나쁘다"고 하고 싶은 충동에 사로잡힌다고 했다. 몸소 스페인 전쟁에서 프랑코에 적대한 진영에 끼어 싸운 경력의 소유자가 한 말이고 보니 그 언외言外의 암시는 무겁다.

아서 케스틀러도 인민전선파人民戰線波에 서서 프랑코와 싸운 경력이 있는 사람인데 그 스페인 전쟁을 계기로 반공산주의자가 되어버린 사람 아닌가. 오웰이나 케스틀러가 스페인 전쟁에서 유일하게 프랑코 군에 가담한 영국의 작가 로이 캠벨과 결과적으로 같은 입장이 되었다는 사실은 아무튼 그저 간과할 수 없는 문제다. `

혜밍웨이의 《누구를 위하여 종을 울리나》 하는 작품엔 스페인 전쟁에서 인민전선파에 속한 사람들을 주인공으로 한 것인데도 정치적인 주장, 또는 빛깔이 조금도 없다. 나는 그 까닭을 오웰의 《카탈로니아 찬가》를 읽고서야 겨우 알 수 있을 것 같았다. "이편이고 저편이고 다 나쁘다"는 시니컬한 판단이 혜밍웨이의 가슴속에 있었던 것이 분명하다. 그렇다고 해서 오웰이나 혜밍웨이가 프랑코를 조금이라도 긍정했다는 뜻으론 되지 않는다. 그후 오웰은 격렬하게 공산주의자를 비판하고 스탈린을 공격하면서도 진정한 인간의 사회를 만들어야 한다는 꿈을 잃지 않았다. 혜밍웨이의 정치에 대한 침묵은 스페인 전쟁에서 받은 충격 때문이라고 하지만 그 허무적인 체관諦觀에도 프랑코를 용납할 여지는 없는 것이다.

그러나 좋건 좋지 않건 프랑코라는 역사적 사실을 부인할 순 없다. 프랑스 혁명 후 나폴레옹의 등장이 역사적 사실이란 뜻과도 통한다. 나폴레옹이나 프랑코는 스캔들 투성이의 인간이라는 데도 공통성이 있다. 하지만 나폴레옹은 스캔들의 먹구름을 뚫고도 찬란하게 빛나는 업적이라는 것이 있다. 프랑코에게도 과연 그만한 것이 있을까.

나는 1972년 4월, 마드리드를 방문했을 적의 기억을 되살려

보았다.

인구에 비례해서 감옥 인구가 제일 많은 나라가 스페인이며 철통같은 압제의 나라가 스페인이란 예비 지식을 갖던 나는 공항에서부터 배신을 당한 것 같은 기분이 있다. 누구로부터의 배신인가 하고 따지면 결코 매스컴으로부터의 배신이라 할밖에 없다. 당시 매스컴이 전하는 대로의 스페인은 하늘에서 위압을 느끼고 공기에서 서릿발을 느끼고 입국과 동시에 무시무시한 기분에 사로잡혀야 하도록 되어 있었던 것이다. 그런데 공항에선 여권을 보자는 말도 없고 가방을 챙겨보아야겠다는 세관리稅關吏도 없었다. 뭐가 잘못된 것이 아닌가 하는 생각마저 들어 누군가가 뒤쫓아오지 않을까 해서 뒤를 힐끔힐끔 돌아보았는데도 아무도 불러 세우는 사람이 없었다.

택시를 타고 되도록이면 값이 싼 호텔로 데려다달라고 운전사에게 일렀다. 하늘은 맑고 거리는 깨끗했다. 그러나 나는 중무장한 도시일수록 깨끗할 수 있다는 생각으로 경각심을 풀지 않았다. 운전사가 데려다준 호텔은 규모는 그다지 크지 않았으나 방 내부는 조선호텔에 손색이 없었다. 그러고는 숙박료가 8달러밖에 안 되는 덴 놀랐다. 프랑코 총통의 관광 정책 때문이라고 했다.

짐을 챙겨놓고 바깥으로 나왔다. 거리엔 사람들이 활기있게 걷고 있었고 술집에선 웃음소리가 범람하고 있었다. 이면에선 탄압 정책이 진행하고 있을 것이지만 여행자의 눈엔 그런 흔적이 없었다. 그만큼 교묘한 술책을 쓰고 있는 것인지 몰랐다.

나는 책점에 가서 또 한 번 놀랐다. 친여 단체親與團體인 팔랑헤까지도 금지하고 있고 따라서 모든 정당 활동이 금기가 되어 있는 나라인데 책점엔 마르크스, 엥겔스, 레닌의 저서를 비롯해서 로자 룩셈부르크, 그람시의 저서까지 공공연하게 진열되어 있는 것이 아닌가.

책점에서 나와 건너편에 있는 카페에서 오렌지 주스를 마시며 안내역을 맡은 안토노니오에게 이런 놀람을 표시했더니 그는 어깨를 들먹이며 말했다.

"스페인에선 이데올로기의 싸움은 끝났어요. 아니 정부는 그렇게 생각하고 있는 거죠"

안토노니오는 어떤 영국인 친구의 소개장을 통해 내가 알게 된 사람이다. 그는 마드리드 대학교에서 고대사 강좌를 맡고 있다고 했는데 스페인 사람답지 않게 극히 말이 적었다. 내게 그에 대한 소개장을 써준 친구의 말에 의하면 그의 할아버지도 아버지도 내란 통에 죽었다고 하니 어릴 적부터 익힌 인생의 슬픔이 그의 말수를 적게 한 것인지 모른다.

마드리드에 체재하는 동안의 큰 사건은 '에페' 통신사의 주필을 만난 일이었다. 유감스럽게도 그 이름을 실념하고 말았으나 그가 한 말은 아직껏 소상하게 기억하고 있다. 스페인의 인상을 묻기에 바라는 대로 좋은 인상만을 받았다고 하기가 싫어서 프랑코가 살고 있는 파르도의 궁의 경비가 너무나 삼엄하더란 얘

기를 하고

"프랑코 총통은 국민을 두려워하고 있는 것 같다"

고 마음에도 없는 소리를 덧붙였더니 주필은 얼굴의 표정을 침통하게 바꾸곤

"그런 게 아닙니다. 당신은 아마도 무슨 선입감을 가지고 있는 모양인데, 허기야 세계의 신문들이 터무니없을 만큼 우리에 대한 악담을 쓰고 있으니 언짢은 선입감을 갖기도 하겠지만 이번에 온 기회에 우리 스페인의 외양만이 아니라 그 뒤 켠까지 샅샅이 관찰하도록 하시오. 내란의 폐허에서 30년 남짓한 세월에 이만한 나라로 만들었다는 것은 뭐니뭐니 해도 위대한 프랑코 총통의 덕택입니다. 나는 내란 땐 인민전선파에 서서 싸운 사람입니다만 가끔 생각합니다. 프랑코 총통이 아니었더라면 우리 스페인이 오늘날 어떻게 되었을까 하구요. 반대파를 탄압하고 있는 것은 사실입니다만 스페인의 갈 길이 확연하고 그 길을 걸어 오늘날 이만큼 되었다는 실력이 있고 보면 무모한 파괴 분자들의 준동을 어떻게 용납하겠소. 우리 스페인 사람들에겐 분열주의의 경향이 농후합니다. 인민전선 정부가 실패한 것도 그 까닭이었죠. 프랑코파 내부에도 분열이 있었죠. 그 분열 현상을 프랑코 총통이 하나의 스페인으로 아우프헤벤止揚했습니다. 그만해도 위대한 일 아닙니까? 정치는 이상을 그린 그림이 아니고 현실의 가시덤불을 헤쳐나가는 노력이니까요."

하고 간절한 어조로 말했다.

나도 우리나라 사정을 말하기도 하여 그의 말을 잘 이해하겠다고 하고 우나무노와 오르테가에 관해 질문했다.

그들의 이름이 내 입에서 나오자 '에페' 통신사의 주필은 발끈 흥분했다. 오르테가와 우나무노에 대한 찬사가 쏟아져나왔다. 이편에서 말을 끼울 여유를 주지 않고 그는 장장 세 시간을 지껄여대었다. 더욱이 우나무노가 살라망카 대학교에서 행한 연설에 얘기가 미치자 그의 흥분은 극도에 달했다.

"오르테가나 우나무노는 프랑코 총통에게 반대한 사람들입니다. 그러나 그들은 우리 스페인의 얼이며 자랑입니다. 그러니까 프랑코 총통도 그들을 높이 평가하고 그들에게 대한 찬양을 얼마든지 허용하고 있는 겁니다. 바로 이 점이 독재라고는 하지만 히틀러나 무솔리니와 다른 점입니다. 스탈린과는 물론 다르구요. 스탈린이 자기를 반대한 자들을 국민이 찬양하게끔 방치해두었겠소? 어림도 없는 얘기지. 진실을 알리려고는 하지 않고 남의 나라의 스캔들만 파헤치려는 미국이나 유럽의 언론을 우리는 경멸합니다. 적색 제국주의자들의 데마는 말할 것도 없구."

'에페' 통신사의 주필을 만난 그 이튿날 책점에 가서 나는 루이 포르티요가 쓴 《우나무노의 마지막 연설》이란 책을 샀다.

그의 해설에 의하면 우나무노는 선악의 판별이 과민한 정도여서 만장일치로 가可라고 할 때에 거침없이 부否라고 하고, 모두가 부否라고 할 때 혼자 가可라고 하길 예사로 하는 인물이다. 그는 프랑코가 반란을 일으켰을 때 프랑코 편에 남은 유일한 문학

자이기도 했다. 그리고 프랑코 통치하에 살라망카 대학교의 총
장을 맡았다. 그랬는데 프랑코의 처사가 마땅하지 않다고 판단
되자 그때부터 맹렬한 비판자로서 등장했다. 당시 살라망카 지
구를 맡아 있던 프랑코 휘하의 장군은 외인부대 출신으로 그 성
격이 잔인하기 짝이 없었다.

우나무노의 마지막 연설은 그 장군이 임석한 가운데 그 부하
들에게 대해 행해진 것이다. 때는 1937년 10월 12일 민족 애국
식전民族愛國式典이 있었을 때였고 장소는 살라망카 대학교의 강당
이었다. 그 광경을 루이 포르티요는 다음과 같이 기록하고 있다.

"난무하는 매성罵聲이 언덕에 부딪친 파도처럼 높아졌다가 다시
조용해졌다. 서성거리고 있던 청중들도 자리로 돌아갔다. 돈 미
겔 우나무노의 모습이 다시 단상에 나타났다. 똑바로 선 자세로
양팔을 들고 그는 정면을 적시했다. 스토아학파 학자의 입상立像
을 닮아 있었다. 그의 소리가 강당 안에 울려퍼졌다. 이곳은 지
성知性의 사원이며 나는 그 고승입니다. 이 성역을 더럽히고 있
는 것은 바로 당신들 군대들 프랑코군입니다. 잠언이 뭐라고 하
건 나는 항상 내 자신의 영토에선 예언자였습니다. 지금도 다를
바가 없습니다. 당신들은 승리할 것이오. 그러나 당신들은 결코
조리條理를 가질 수는 없을 것이오. 당신들은 승리할 겁니다. 당
신들은 지금 충분하고도 남음이 있는 야만적인 폭력을 가지고
있으니까. 그러나 당신들은 조리를 가질 수는 없을 겁니다. 조리

를 갖기 위해선 지금 당신들에게 결핍해 있는 바로 그것이 결핍한 상태로 있어선 안 됩니다. 그것이란 이성과 정의를 말합니다. 스페인의 운명을 생각하자, 스페인을 사랑하자고 내가 당신들에게 호소해본들 무슨 소용이 있겠습니까! 이것이 나의 마지막 결론입니다."

분노한 군령관은 그 자리에서 우나무노의 체포를 명령했다. 우나무노는 단상에서 끌려나가 연금을 당한 채 그 해가 질 무렵에 죽었다.

이에 관한 나의 아슴푸레한 기억이 있다. 우나무노의 비보悲報를 전해 들은 이른바 진보적 문인들이 '반동 문인의 꼴 좋다'는 투로 야유적인 문장을 쓰고 있는 것을 나는 당시 어느 잡지에서 읽은 적이 있는 것이다. 내가 17세 때 읽은 그것이 우나무노에 대한 인상이었고. 그래서 나는 뜻밖에도 그 우나무노가 스페인의 국민적 영웅이 되어 있는 사실을 발견한 결과가 된 것이다.

이런 생각 저런 생각을 하고 있으니 나는 불현듯 스페인에 가고 싶어졌다. 슈베르트의 동상 맞은편에 있는 벤치에 앉아 담배를 피워 물고 나는 스페인을 방문할 계획을 짰다.

12월 초순이었다.

마드리드엔 보슬비가 내리고 있다.

보슬비 내리는 마드리드의 거리, 프린세사 거리에서 '승리의 문'을 돌았다. 보슬비 가운데서도 그 문 위에 새겨진 1936$\alpha$,

1939$_\Omega$란 글자는 읽을 수 있었다. 내란이 시작한 해와 끝난 해를 적은 것이다. 프랑코의 무덤엔 1975년 오메가$^\text{p}$란 글자가 있을 것이었다.

먼젓번 호텔로 갈까 했지만 거리의 이름도 호텔의 이름도 실념한 까닭에 찾을 수가 없어 아프리카가(衝)의 조그만 호텔에 들기로 했다. 방을 잡고 안토노니오에게 전화를 걸었다. 신호만 가고 응답은 없었다. 프런트엘 내려가서 사정 설명을 하고 전화가 통하도록 해달랬더니 프런트의 노인은 대학의 전화번호를 돌리고 몇 마디를 해보곤

"대학엔 그런 사람이 없다고 하는 걸 보니 정치 바람에 휩쓸린 게 아닌가? 요즘 또 슬슬 정치의 열병이 도지는 모양이니까."

하며 사뭇 못마땅하다는 듯 입맛을 다셨다. 철저한 프랑코 지지자란 인상이었다.

아닌 게 아니라 정치의 열풍이 불어닥칠 전조는 벌써 신문에 나타나 있었다. 대량의 전치범 석방이 있었는데 공산당원은 그냥 남겨두었다고 해서 항의한 데모의 기사가 큼직한 사진을 곁들여 신문마다의 톱을 장식하고 있었다.

습기가 서려 으스스 춥기까지 한 방 안에 들어앉아 있기도 쑥스러웠고 그렇다고 해서 가랑비 속으로 거리에 나다닐 수도 없어 매점에서 《헤럴드 트리뷴》을 사들고 식당을 겸한 커피점으로 들어갔다. 오후 세 시란 어중간한 시간 때문인지 손님이라곤 한쪽 구석에 초로의 사나이가 앉아 있을 뿐이었다.

나는 그 가까이에 가서 앉았다.

"동양에서 온 손님인 모양인데."

하고 그는 상냥하게 말을 걸어왔다.

한국에서 왔다고 하니까

"한국 사람을 꼭 한 명 알고 있다."

며 그는 반가운 표정을 지었다.

"마드리드에 있는 사람인가요?"

"아니, 파리에 있는 사람이오. 무슈 양이란 화갑니다."

"파리라구요?"

"난 파리에서 일주일 전에 왔소. 37년 만에요."

얼굴엔 교양이 물들인 흔적이 있었다. 전형적인 망명가 타입이란 인상이었다.

"망명하고 계셨군요."

"내 처지에 망명이랄 게 있겠소."

"가족들은?"

"가족이 남아 있을 까닭이 있겠소. 친척들은 다소 있겠지만 찾을 방도가 없소. 그러니까 이렇게 우두커니 이곳에 앉아 있죠."

"친구는?"

"옛날엔 있었지. 그러나 모두 다 죽어버렸소."

"37년 만에 돌아와본 감정은 어때요?"

"글쎄요."

하고 그는 애매한 웃음을 띄었을 뿐 말이 없었다.

그날 밤 나는 리카르도를 데리고 캬바레 발렌시아로 갔다. 3
년 전의 추억이 있었기 때문이다. 자리를 잡기가 바쁘게 나는 도
오나란 아가씨를 찾았다. 웨이터의 대답은 쌀쌀했디.

"그런 아가씬 모르겠는데요."

나는 3년 전에도 있던 웨이터를 불러달라고 했다. 중년의 웨
이터가 왔다.

"키는 훤칠하고 얼굴은 그레이스 켈리를 닮았구요. 카사블랑
카에서 나고 안달루시아에서 자라 마드리드에 온 아가씬데요.
그리고 독실한 가톨릭이구요."

하고 내가 주워섬기자 웨이터는 겨우 알았다는 듯이,

"2년 전에 딴 곳으로 옮겼는데 지금도 그 풀로라에 있을지
모르겠는데요."

하며 고개를 갸웃했다. 나는 리카르도를 재촉해서 그 집을 나왔
다. 웨이터가 그려준 지도를 따라 풀로라를 찾을 참이었다. 택시
안에서 나는 도오나에 관한 설명을 했다.

"네 아 카사블랑카, 누우리 당 안달루시아, 멘트낭 아 마드리
드." 라고 한 도오나의 발음이 그렇게 아름다울 수가 없더란 얘
기며, 로마까지 가자고 하니까 부활절 준비 때문에 안 되겠다고
하기에 "그럼 영영 만날 수가 없겠다"고 했더니 "이처럼 지금
우리를 만나게 한 천주님의 섭리가 또 우리를 만나게 해줄지 모
르는 일 아녜요" 하고, "로마에 가거든 바티칸을 꼭 찾고, 바티

칸에 가거든 단 일 분이라도 좋으니 걸상에 앉아보라"고 하며 헤어질 무렵 "어떻게 믿건 우리는 하나의 신을 믿고 있는 것이니 당신은 당신의 신을 소중하게 하라"고 도오냐가 말하더란 얘기까지 했다.

"근래 듣기 드문 아름다운 얘긴데요."

하고 리카르도는

"폴로라란 곳에 그 아가씨가 있으면 내가 한 잔 사겠다."

며 약간 들뜬 표정을 지었다.

그러나 폴로라에 도오냐는 없었다. 나도 실망했거니와 그도 실망했다. 돌아오는 길에 싸구려 집에서 훈제 돼지고기를 안주로 포도주를 마시며 그는 이런 말을 했다.

"내 고향이 안달루시아죠. 카사블랑카에 간 친척도 있고 거기서 온 친척도 있죠. 그러다가 마드리드로 오기로 하구요. 그 아가씨를 만났다면 뜻밖의 수확이 있었을지도 몰랐는데 허기야 그런 요행이 어떻게 쉽기야 하겠소만."

그 이튿날 우리는 톨레도엘 갔다. 리카르도는 내키지 않는 기분인 것 같았지만 그래도 쾌히 동행해준 것이었다. 톨레도는 마드리드 서남방 70킬로미터 상거에 있는 인구 5만가량의 도시다. 거기까지의 연도엔 신장新裝한 아파트의 군락이 단속斷續하고 있었는데 곳곳에 수퍼마켓이 끼어 있었다. 그 속을 달리고 있는 기분은 마치 파리 교외를 달리고 있는 거나 다를 바가 없었다. 리카르도에겐 그 풍경이 깊은 감회를 자아내는 자극이 되는 모양이었다.

"프랑코는 죽어도 그가 지은 아파트는 남을 것이라고 하더니."

그는 이렇게 중얼거렸다.

톨레도는 남프랑스의 아를과 흡사한 분위기를 가진 도시다. 로마에 점령당해 그 거점이 되었다는 역사도 흡사하고 타호 강과 톨레도와의 관계가 론 강과 아를과의 관계도 비슷하고 고색이 창연한 사원寺院들의 모습도 닮은 데가 있었다. 그러나 나는 이런 풍경을 보러온 것이 아니고 알카사르를 보러 온 것이다. 알카사르는 성 또는 요새라는 뜻의 보통 명사인데 톨레도의 알카사르는 고유 명사처럼 쓰인다. 알카사르는 시가의 동남단에 타호 강을 끼고 있었다. 38년 전 이곳에서 70일간 사투가 전개되었다고 하는데 지금은 그런 흔적도 찾아볼 수 없을 만큼 수복되어 있었다.

어떤 방에 들어갔더니 낡은 전화기가 놓여 있고 모스카르도 대령과 그 아들 루이스가 통화한 것이란 표지가 붙어 있었다. 벽면엔 그 통화의 내용이 세계 각국의 말로 번역되어 새겨져 있기도 했다. 그 가운덴 일본 말로 된 것도 있었다. 그때 나는 무심결에 리카르도의 표정을 보았다. 움푹 들어간 눈엔 공포의 빛이 있었고 얼굴엔 핏기가 가셔 있었다. 나는 요새를 구경하고 나오는 길에 매점에서 《톨레도 요새의 서사시》란 책자를 한 권 샀다. 그것을 보고 있는 리카르도의 얼굴엔 그의 버릇처럼 되어 있는 애매한 웃음이 있었다.

그 책자의 내용은 대요 다음과 같다.

1936년 7월 20일, 내란이 발생한 지 3일 후 톨레도 지구의 사령관 모스카르도는 인민전선군人民戰線軍에 쫓겨 그 부하와 시민 1천 50명을 인솔하고 알카사르에 농성했다. 그 혼란 통에 모스카르도의 아들 루이스당시 19세가 인민전선군에 붙들렸다. 인민전선군은 루이스를 인질로 하고 전화로 모스카르도에게 항복을 권고했다. 루이스를 전화통에 끌어냈다. 그때의 대화가 알카사르의 벽면에 새겨져 있는 것이다. 다음이 그 대화의 내용이다.

모스카르도: 어떻게 된 건가?
루이스: 별일 없습니다. 알카사르가 항복하지 않으면 절 총살하겠답니다.
모스카르도: 도리가 없구나, 루이스. 천주님의 뜻대로 스페인 만세를 부르고 애국자답게 죽어라!
루이스: 옳은 말입니다. 스페인을 위하여 기도를 올리고 죽겠습니다. 아버지, 안녕히 계세요.
모스카르도: 잘 가라, 루이스!

그리고 한 달 후에 루이스는 총살당했다.
70일간의 공방전은 그야말로 치열했다. 그러나 전멸 일보 전에서 프랑코에 의해 알카사르는 구제되었다. 나는 그 책을 레스토랑에서 읽고 "읽어보겠소?" 했더니 리카르도는 이에 애매한 웃음을 띄우고 고개를 저었다.

"이런 일이 있을 줄은 알았소?"

그는 다시 고개를 저었다.

"스페인 내란 관계의 책을 나는 꽤 읽었는데 왜 이 얘기는 읽지 못했을까."

했더니

"프랑코가 국제적으로 동정을 잃었기 때문이겠죠."

하는 리카르도의 짤막한 말이었다.

톨레도에서 돌아온 후 이틀 동안 나는 리카르도를 볼 수 없었다. 궁금해서 그의 방엘 찾아갔더니 그는 침대에 누워 있었다. 어디 아프냐고 물었으나 그저 힘이 빠졌노라는 대답이었다. 나는 침대 옆에 의자를 갖다놓고 앉아선

"스페인 인구의 7할이 내란을 모르는 세대로서 이루어졌다고 하지만 스페인은 내란을 잊어도 될 만큼 되었는데 우리나라는 앞으로 그럴 사정이 못될 것 같다."

는 넋두리를 했더니 라카르도는 애매한 웃음을 띄었다.

"앞날의 걱정을 하는 걸 보니 당신은 행복한 사람 같소. 나는 과거의 수렁에서 헤어날 수가 없소. 37년이 허망하게 흘러간 거죠. 프랑코는 그러나 많은 일을 했더만."

그 이튿날 리카르도가 내 방엘 왔다. 조그만 시집 한 권을 탁자 위에 올려놓았다.

"이건 내란이 시작하자마자 파시스트에게 붙들려 학살당한 가르시아 로르카의 시집이오. 나는 그의 망령이나마 찾아 대화를 나눌까 했는데 허사가 된 것 같소."

그리고 한숨을 돌리곤 말을 이었다.

"나는 지금 고향인 안달루시아로 떠날 참이오. 아무도 없는 곳이지만 고향은 고향이니까요. 사흘쯤 후에 돌아오겠소. 그때까지 계신다면 같이 파리로 돌아갑시다."

"이왕 귀국한 김에 스페인에서 살지 왜 그러십니까?"

"스페인에선 내가 할 일이 없을 것 같소."

"그럼 기다리겠습니다."

했더니 그는 나가려다가 말고 돌아섰다.

"그러나 나를 기다리진 마십시오. 돌아오지 않을는지도 모르니까요."

나는 하여간 사흘은 더 마드리드에 머물러 있겠다고 했다. 사흘이 지났는데도 그는 돌아오지 않았다. 왠지 마음이 끌리는 게 있어 하루를 더 기다렸다. 그래도 그는 나타나지 않았다. 나는 무슨 중대한 것을 잊어버린 듯한 쓸쓸한 가슴을 안고 파리로 돌아왔다.

파리를 떠나는 전날 밤 나는 자크 물레라는 친구와 식사를 하게 되었다. 그가 스페인 문학에 정통해 있는 사람이란 걸 상기하고 나는 지나가는 말로 물었다.

"혹시 리카르도 아벨라란 사람의 이름을 들은 적은 없소?"

"리카르도 아벨라, 리카르도 아벨라. 퍽 귀에 익은 이름이긴 한데."

하고 한참을 생각하는 듯하더니

"음 그래, 옛날 30년쯤 전에 리카르도 아벨라란 시인이 있었지. 특히 가르시아 로르카의 친구로서 알려진 사람이지…… 그런데, 어떻게 그 이름을 기억하고 있지? 그 사람은 벌써 자살했다고 들었는데."

나는 아연했다. 내가 만난 리카르도가 바로 그 리카르도 아벨라일 것이란 확신이 들었다. 그래 리카르도 아벨라는 죽지 않았다고 하고 스페인에서 있었던 일을 얘기했다.

그러나 그 친구는

"동명이인일 수도 있으니까."

하고 믿으려 하지 않았다. 나도 굳이 주장할 생각이 없었다. 호텔로 돌아와 가르시아 로르카의 시집을 펴들었다. 한 장 한 장 건성으로 넘기고 있는데 꼭 한 군데 사이드라인을 친 곳이 있었다. 그 시구는 다음과 같았다.

유리빛 목장에서 별을 삼키다

나는 돌아오지 않을지 모른다는 리카르도의 말이 자살의 가능을 암시한 것이 아닐까 하는 설렘을 느꼈다.

가르시아 로르카를 죽인 원수에게 대한 미움을 37년 동안이나 가꾸어오다가 그 원수를 조금이라도 긍정하고 용서할 마음이 생겼다면 자살할 동기는 그로써 충분할지 모른다는 짐작이 들었기 때문이다.

그러나 저러나 "유리빛 목장에서 별을 삼키다"란 뜻이 뭣일까. 그것은 내게 있어서 스페인처럼 난해한 것이긴 했지만 신비에 물든 애수로 고여 내 가슴에 은은한 메아리를 남겼다. 그리고 그 메아리는 지금도 내 가슴속에서 울려퍼지고 있는 것이다.

* 출전: 《삐에로와 국화》, 일신서적공사, 1977. (원출전: 《동아문화》, 1977.)

# 이병주 소설의 공간 환경

김종회 문학평론가, 경희대 교수

### 1.

문학 작품 속에서의 '공간'은 그 작품의 존재를 가능하게 하는 주요한 요소이며 그동안 여러 유형으로 연구되어 왔다. 일찍이 독일의 극작가 G. 레싱Gotthold Ephraim Lessing이 그의 저서 《라오콘 Laokoon》에서 시간 예술과 공간 예술의 문제를 제기한 이래, 예술적 공간 개념은 시간 개념과 함께 문예 이론과 문학 작품 비평의 전반에 걸쳐 논의의 진폭을 확장해왔다. 레싱의 견해를 이어받아 현대문학 이론의 새 영역을 제시한 조지프 프랭크Joseph Frank는, '공간적 형식'의 논의에서 시간 개념 적용이 위주였던 문학 장르가 어떻게 공간 개념과 결부되어 있는가를 구명했다.

그를 통해 시에 있어서 '이미지'의 배열이나 소설에 있어서 '플롯'의 운용은 공간 문제를 반영하는 대표적 기법이 된다. 그의 시각으로는 '의식의 흐름' 기법을 도입한 작품들, 마르셀 프루스트Marcel Proust의 《잃어버린 시간을 찾아서》나 제임스 조이스James Joyce의 《율리시스》 같은 작품들은 공간적 형식이라는 논리를 전제하지 않고서는 온전한 해명이 불가능하다. 프랭크에게 있어서 이와 같은 형식 논리는, 모더니즘적 특성을 나타내는 신화성의 도입에까지 나아간다. 신화적 세계의 시간 초월적 영역과 신화 원형 또한 예술적 공간의 존재 양상을 잘 드러내는 체계가 된다는 것이다.

20세기 이후 문학 작품에 있어서의 공간 문제를 탐색한 주목할 만한 이론가는 모리스 블랑쇼Maurice Blanchot다. '은둔의 철학자' 또는 '근대성의 조종弔鐘을 울린 사제'란 별칭을 얻으며 푸코, 들뢰즈, 데리다 등의 철학자들에게 많은 영향을 끼친 그는, 《문학의 공간》이란 비평서를 썼다. 이 책은 말라르메, 릴케, 카프카 등의 작품을 분석하면서 문학의 본질과 공간의 의미를 구명했다. 다양한 작품을 대상으로 해 문학의 숙명적 의미망이 모호함이 넘치는 작품 바깥에 놓여 있다는, 이른바 '바깥의 사유'를 구현한 그의 글은, 난해하지만 공간 개념 수용의 진일보를 기록했다.

문학 작품의 무대이거나 작품의 내포적 운동 범주로서의 강역疆域이 공간 형식의 실제이겠지만, 그 공간의 철학적 사상적 전제는 근대 이후 여러 유형의 논리를 노정해왔고 그것이 작품 분석에 적용된 사례도 다기하게 전개되었다. 구체적인 작품 내부에 있어서는 대체로 서사 과정의 형성과 관련되며, 특정한 공간 모티프가 생성되고 변형되고 결말에 이르는 구조적 패턴에 연동되어 있다. 그러므로 문학과 공간의 개념 및 상관성을 탐색하는 일은, 근대 이후 문학의 행로를 검증하는 하나의 바로미터이기도 하다. 문학 공간의 논리를 문학 작품 분석에 적용할 때는 대체로 세 가지 단계를 고려하고 이를 변별적으로 도입하는 것이 일반적이다.

우선은 문학 텍스트가 생산된 공간 환경에 대한 고찰이다. 하나의 텍스트가 사회 구조, 문화 구조 속에 정초하기까지의 발생론적 기반과 경과를 고려하는 것을 말한다. 다음으로 작가가 작품 가운데 변용하고 있는 경험적 공간의 분석이다. 문학 비평이 주된 대상으로 상정하는 문학적 공간 개념이다. 마지막으로 문학 작품 내부 무대인 공간과 작품 외부 실제적 공간 사이의 상관성에 대한 비교 관찰이다. 문학의 실용성에 대한 접근이 강화되면서, 이제 이 부분의 활용도 점차 강화되고 있다. 여기에서는 이러한 논점들을 함께 활용하면서, 이병주 소설의 공간 환경을 살펴볼 것이다.


2.


공간 환경의 설정 없이 소설은 당초 그 시발이 불가능하다. 그런데 단순 소박한 단일성의 환경이 소설의 위의威儀를 세우지 못할 바는 아니지만, 그 방식으로는 지역성의 한계를 넘어서기 어렵다. 그래서 환경의 다중성 문제가 소설의 미학적 가치와 별개로 주목 및 평가의 대상이 되는 것이다. 더욱이 오늘날처럼 지구 마을Global village이란 용어가 보편화 되고 세계가 일일 생활권으로 진입한 시대에 있어서, 소설의 공간 환경이란 과제는 내용과 형식 모두에 걸쳐 중점적 항목이라 언표言表할 수 있다. 여기서 살펴보는 이병주 소설의 지역적 공간 또한, 그것의 심화와 확장을 통해 작가가 수확한 문학적 실과實果가 무엇인지 검토할 필요가 있다.

프랑스의 문명비평가 기 소르망Guy Sorman이 세계화Globalism와 지방화Localism를 통합해 세방화Glocalism의 논리를 내세운 것은 단일 정체성을 다중 정체성으로 변환하지 않고서 그 다양 다기한 영역 확대의 가치들을 거두어들일 수 없다는 판단에서였다. 비디오 아트를 창시한 백남준이나 설치미술가 전수천의 작품이 새롭게 평가 받은 이유는, 단순히 전위 예술의 공감대로 세계적 보편성을 담보했기 때문이 아니라 그 시야의 광범위와 촉수의 창의력이 태생적 자기 기반을 효용성 있게 딛고 서 있었기 때문이다. 문학에 있어서도 세방화, 글로컬리즘의 존재값은 이러한 방식으로 드러난다.

이병주 소설의 공간 환경은, 당대의 다른 작가들에 비해 특징적이고 또 넓다. 국내에 있어서는 일정한 지역으로 특정되어 있고 해외로 개방되면 다른 작가가 추종하기 어려울 만큼 광범위하게 펼쳐져 있다. 국내의 경우 그가 생장生長하고 교육을 받거나 사회 활동을 한 하동, 진주, 부산 등 경상남도 일대를 망라한다. 동시에 그의 역사 소재 소설들이 무대로 하는 지리산 기슭과 태백산맥 산자락까지 연동되어 있다. 해외의 경우 그의 유학 및 학병 체험, 그리고 작가로 입신한 이유, 여행의 경험을 두루 포괄해 그야말로 동서양을 막론하고 사통팔달로 전개되어 있다. 이처럼 확장된 소설 환경을 구사한 한국의 작가는 찾아보기 어려울 것이다.

이병주의 장편 가운데 대표작이라 할 수 있는 근·현대사 3부작 《관부연락선》, 《지리산》, 《산하》는 현해탄을 사이에 둔 한국과 일본, 표제 그대로의 지리산, 작가의 향리와 서울을 무대로 한다. 작가가 살았던 시대의 세태를 새롭게 해석한 《행복어사전》은, 주요 등장인물이 신문사 기자들인 만큼 신문사가 모여 있는 광화문 일대가 배경이다. 지역적 특성이 강력하게 나타나기로는 〈예낭 풍물지〉의 예낭이 곧 부산의 풍광과 물산을 직접적으로 반영한다. 그런가 하면 〈망명의 늪〉에서 미아리·가회동·한강 등의 지명이, 〈중랑교〉에서 중랑교·중랑천 등의 지역적 명칭이 등장한다.

해외가 작품의 배경인 작품으로 한·중·일 세 나라를 오가고 있는 〈세우지 않은 비명碑銘〉, 중국의 소주쑤저우·상해상하이를 배경으로 한 〈변명〉과 〈겨울밤〉, 그리고 미얀마에서 한국에 걸쳐 있는 〈마술사〉가 있다. 이처럼 동북아 및 동남아를 가로지르는 소설의 무대는 앞서 언급한바 작가의 전기적 체험과 밀접하게 연관되어 있다. 무대를 더 넓혀서 이집트의 두 번째 도시 알렉산드리아를 그려 보이는 〈소설·알렉산드리아〉, 유럽의 스페인으로 간 〈유리빛 목장에서 별을 삼키다〉, 미국 뉴욕에서의 삶을 보여주는 《허드슨 강이 말하는 강변 이야기》와 〈제4막〉, 그리고 남아메리카의 칠레로 행장을 옮긴 〈이사벨라의 행방行方〉 등이 있다. 이 소설들은 작가의 여행 및 체류 경험, 지적 탐색의 대상 등으로 그 성격이 드러난다.

소설의 본질적인 가치나 그 평가에 있어 배경이나 환경의 문제는 중심 주제에 비하면 보다 부차적인 것인지도 모른다. 하지만 그와 같은 부대 요소의 구성 없이 소설을 창작할 수 있는 길이 없거니와, 환경의 조건이 주제를 효율적으로 부양하는 기능을 감당하기 때문에 지역 환경의 중요성을 도외시할 수 있는 권한 또한 어디에도 없는 셈이다. 이병주 소설은 특히 이념적 사상적 쟁점을 부각시키기 위해 환경 조건을 매우 민활하게 응용하는 장점이 있는 까닭으로, 이 대목을 더욱 눈 여겨 보는 것이 마땅하다. 이 글에서는 위에서 언급한 작품 가운데 〈세우지 않은 비명〉, 〈제4막〉, 〈이사벨라의 행방〉, 〈유리빛 목장에서 별을 삼키다〉 등 네 작품을 보다 깊이 있게 읽고 그 공간 환경의 의미를 검토해보기로 한다.


3.


중편 〈세우지 않은 비명〉은 화자인 '나'와 소설 속에 액자로 매설된 이야기의 화자인 성유정 등 두 인물의 발화로 구성된다. 이를테면 '나'가 성유정의 수기를 소개하는 형식을 갖추고 있는데, 이병주 소설의 오랜 관행에 비추어 보면 '나'나 성유정이 모두 작가의 의도를 대변하는 인물이라 할 수 있다. 비록 액자 소설의 모양으로 갖추고 있다 할지라도 그 구분 자체가 별반 의미가 없다는 말이다. 성유정은 학도병으로 끌려가 1년 남짓 중국 양주에 머물렀는데, 작가 자신이 동일한 상황으로 소주에 머물렀던 정도가 소설적 환경의 문제에 있어서 다른 점이다. 성유정의 활동 무대는 그 중국에서 일본으로, 동북아의 한·중·일 세 나라에 함께 작동하고 있다.

작품 속의 시간 설정은 1979년에서 1980년대로 넘어가는 무렵이다. 1979년에 캄보디아의 폴 포트 정권, 이란의 팔레비 국왕, 아프리카 우간다의 이디 아민 대통령, 중미 니카라과의 소모사 대통령, 중앙아프리카의 보카사 황제, 그리고 중미 엘살바도르의 로메로 정권 등 무려 여섯 명의 독재자가 붕괴·타도·축출된 기념비적 기록이 제시된다. 물론 성유정의 수기에서다. 그런데 그러한 역사의 격동을 배경에 두고 성유정인 '나'는 매우 개인사적으로 어머니의 위암과 자신의 간암에 직면한다. 일제 말기에 학병으로 끌려갔고 6·25 때 자칫 죽을 뻔했고 5·16 때 징역살이를 한, 역사의 고빗길마다 고난을 겪은 개인사를 돌이켜 보면, 이 두 불치병의 배면에 지구 전반에 걸친 엄청난 시대사의 소용돌이가 닮은꼴로 계속되고 있는 것이다.

액자 속의 '나'성유정은 자기 생애의 정리에 착수한다. 그중 가장 중요한 숙제가, 학생 시절 일본에서 만나 임신을 시킨 채 연락을 두절한 여자를 찾는 일이다. 37년 전 당시 19세였던 미네야마 후미코다. '나'는 수기에서 스스로를 '불량 학생'이라 표기하고, '바람을 심어 폭풍우를 거두는 엄청난 고역'이라 표현한다. 열흘을 예정하고 떠난 일본행에서 '나'는 여자를 만나지 못한다. 천신만고 끝에 행적을 찾았으나, 여자는 사망한 것으로 되어있고 태중의 아이에 대한 정보는 전혀 없다. 비슷한 상황을 그린 단편 〈환화幻花〉에서 옛 여자와 딸을 함께 만나는 이야기를 축조한 것과는 아주 다른 형국이다.

'나'는 귀국해 어머니의 임종과 장례를 치르고, 그 삼우제를 지낸 이튿날 타계한다. 이에 따라 액자 밖의 '나'는 성유정의 운명殞命을 전하며, 소설의 말미에 중국 청 대淸代의 시인 왕어양王漁洋의 한시 한 절을 가져다 둔다. 그 구절에서 채자採字해 소설의 부제로 '역성歷城의 풍風, 화산華山의 월月'이란 에피그램을 설정했다. 그러나 이는 다음에서 언급할 단편 〈유리빛 목장에서 별을 삼키다〉의 제목처럼 사뭇 겉돌고 있다는 느낌이 약여하다. 지역적 환경, 그에 결부된 지적 수발秀拔이 소설의 이야기와 보다 조화롭게 악수하지 못한 탓이다. 그러나 동북아 세 나라를 망라하는 소설의 환경은, 다른 작가에게서 찾아보기 어려운 견문의 확산과 소설적 조력의 성취를 보인 사례다.

단편 〈제4막〉은 뉴욕을 무대로 한다. 작가는 여행 안내서의 문면을 빌릴 때 '세계의 메트로폴리스'이지만, 어느 종교가의 단죄에 의하면 '소돔과 고모라의 현대판'이라고 적었다. 소설은 뉴욕의 풍광과 뉴욕에서의 삶을 수기나 수필처럼 써 나간다. 시간상으로는 1973년 6월, 화자인 '나'가 존 에프 케네디 공항에 도착하면서 시작된다. 특별한 소설석 이야기를 생산하지 않고 뉴욕 시가市街 여행기와도 같은 감상을 기술한다. 브로드웨이에 있는 작은 주점 'ACT4', 우리말로는 '제4막'이 되는 그곳은, 극장에서 제3막까지 연극이 끝난 후 극장 밖의 거기서 제4막이 시작된다는 자못 진중한 의미를 가졌다. 그 해석을 듣고 그곳은 '나'의 단골집이 되었다.

주점 '제4막'에서 만난 사람들과의 요령부득인 대화가 '나'에게는 소설적 이야기의 재료가 되고, 또 그 개별자들도 소설적 관찰의 대상이 된다. 그중 세르기 프라토라는 이름의, 육십 세에 가까운 에스토니아 출신 화가 부부와는 삼 년쯤 후에 '제4막'에서 만나 '제4막적인 대화'를 나누기로 한다. 그리고 그렇게 좋은 아이디어를 뉴욕에 심어놓고 왔으니, 어떻게 뉴욕에 애착하지 않을 수 있겠는가라고 반문한다. 뉴욕은 이병주로서는 상당 기간 체류하며 그 문물에 연접한 도시이고, 또 그가 쓴 여러 글의 소재가 되기도 했다. 이 소설은 소설로서의 형용을 갖추기보다는 평이한 자전적 기록의 성격이 강하다.

단편 〈이사벨라의 행방〉은 1973년의 칠레 방문기를 소설 형식을 갖추어 썼다. 한편으로는 여행기에 가깝기도 한데 작가는 '기행문을 쓸 작정'은 아니라고 명기해 두었다. 산티아고 공항으로 마중을 나온 안내자의 이름이 이사벨라 멘도사, 칠레 대학교의 인문학과에 다니는 여학생이었다. 이사벨라와 더불어 칠레의 국명國名을 비롯, 여행자가 궁금한 사안들을 순차적으로 두루 거친 다음에 '나'는 뉴욕으로 돌아왔다. 그리고 뉴욕에서 칠레의 쿠데타 소식을 들었다. 회상 시점으로 돌아보면 이사벨라와 함께 쿠데타와 칠레의 정치에 대해 나눈 얘기가 많고 그 내용은 고급한 식견을 자랑하고 있다. 이사벨라의 비판적 논리도 우월하다.

'나'는 미국에서 칠레로 전화를 걸었으나 이사벨라의 종적을 찾지 못한다. 칠레 대학교에서 체포된 교수와 학생이 1,520명이나 된다는 보도를 보았던 것이다. 서울로 돌아와 몇 차례 산티아고에 편지를 띄웠으나 회신이 없었고, 마침내 행방불명이 된 채 생사를 모른다는 전갈을 받는다. 그 뒤 오스트리아의 펜 대회에 참석했다가 칠레 대표로 온 문인에게 이사벨라의 행방을 탐문해 보지만 모두 허사다. '나'가 이사벨라에 집착하는 것이 그 젊은 지성 때문인지 이성異性으로서의 감각 때문인지 분명히 구획하기 어려우나, 이 소설에서 이사벨라 없이 칠레 여행기나 칠레에 관한 이야기가 수준 있는 소설 공간의 수용력을 갖기는 어려운 노릇이다.

단편 〈유리빛 목장에서 별을 삼키다〉는, 오스트리아 비엔나에서 1975년 11월 스페인의 국가 원수 프란시스코 프랑코 바아몬데 총통의 부고 기사를 읽는 것으로 시작된다. 화자인 '나'는 물론 코스모폴리탄 여행가인 이 작가의 인식을 대언한다. 그에 뒤이어 스페인 내란에 대한 문학 작품들을 떠올리고 더 나아가 정치적 사태에 따른 평가를 장구하게 진술한다. 그 진술의 행렬이

너무 심층적이면서도 장황해서, 자칫 소설로서의 보람을 잃어버
릴 우려도 없지 않다. '나'는 1972년 마드리드를 방문했을 때의
기억을 다각도로 떠올리기도 하고 행선지로 파리를 거치기도 하
는데, 작가가 스페인 내란에 집중하는 이유는 아마도 전쟁 또는
수형受刑 생활의 면모가 한국에서 작가 자신이 겪은 근대사의 파
고波高와 여실히 유사하기 때문일 것이다.

파리를 떠나기 전날 밤, '나'는 호텔에서 가르시아 로르카의 시집
을 펴든다. 그 시집에서 '유리빛 목장에서 별을 삼키다'라는 구절을
찾아내고, 용서와 자살의 상관관계를 유추해본다. 그 구절은 '나'에
게 스페인의 정변처럼 난해하지만 은은한 애수를 남긴다. 시적 은
유와 소설의 주제를 직접적으로 상관해 해석하기는 어려우나, 그것
이 스페인 역사의 우여곡절 가운데 시인의 남긴 절박한 실상의 한
편린임을 이해하는 데는 크게 어려움이 없다. 그러나 보다 더 이 글
의 주제에 근접하는 개념을 논거하자면, 이 유럽의 다양 다기한 도
시 공간 가운데서 자신의 박학다식과 박람강기를 구현하는 작가의
호활한 문필을 먼저 상찬해야 할 것이다.


4.


지금까지 이 글에서는 문학에 있어서 공간 환경의 성격과 의
미, 이병주 소설에 나타난 지역적 환경 조건의 경향과 이유, 그리

고 그것이 잘 드러나는 대표적인 작품들을 개괄적으로 살펴보았다. 이병주 소설의 지역 환경은, 국내 및 해외에 걸쳐 두루 광범위하게 그 이야기의 울타리를 설정하고 있었다. 국내에서는 작가의 대표작으로 일컬어지는 역사 소재 장편 소설들의 무대, 곧 하동·진주·부산 등이 생래적이고 체험적인 배경으로 도입되고 있음을 볼 수 있었다. 그리고 그 공간은 허구로서의 소설적 이야기에 사실성을 부여하는 효력을 발휘했다. 특히 이는 스스로 '실록 소설가'임을 자처하는 작가 이병주의 작품 세계와는, 불가분의 관계에 있는 소설적 요소라 할 것이다.

해외 여러 대륙에 걸쳐 그야말로 종횡무진한 소설의 지역적 환경은 작가의 곤고한 체험과 지적 편력, 그리고 여행 경험을 바탕으로 하고 있으나 그의 관심이 집중된 작품은 결국 고난의 세월을 보낸 자신의 개인사 및 우리 근대사의 질곡과 그 형상이 닮아 있는 경우였다. 거듭 강조하자면 이 작가와 동시대의 작가 가운데 그처럼 광폭廣幅의 공간적 행보를 보인 작가가 드물었다는 측면에서 길이 그 의의를 새겨둘 만하다. 그것이 이 글로벌 또는 글로컬 시대에 있어서 우리 문학이 개척하고 추동해나가야 할 길이기 때문이다. 이병주 소설의 넓고 유의미한 공간은 그 작품의 존재를 가능하게 하는 부력으로 작동하는 동시에, 이 작가를 그가 떠난 지 20여 년이 지난 오늘날에 있어서도 여전히 공들여 탐색하게 하는 까닭이 되기도 한다.

| | |
|---|---|
| 1921 | 3월 16일 경남 하동군 북천면에서 아버지 이세식과 어머니 김수조 사이에서 태어남. |
| 1933 | 양보공립보통학교 13회 졸업. |
| 1940 | 진주공립농업학교 27회 졸업. |
| 1943 | 일본 메이지 대학 전문부 문예과 졸업. |
| 1944 | 와세다 대학 불문과에 재학 중 학병으로 동원되어 중국 쑤저우蘇州에서 지냄. |
| 1948 | 진주농과대학과 해인대학(현 경남대학)에서 영어, 불어, 철학을 강의. |
| 1954 | 문단에 등단하기 전《부산일보》에 소설《내일 없는 그날》연재. |
| 1955 | 《국제신보》에 입사, 편집국장 및 주필로 언론계에서 활동. |
| 1961 | 5·16 때 필화사건으로 혁명재판소에서 10년 선고를 받고 복역 중 2년 7개월 후에 출감. 한국외국어대학, 이화여자대학 강사를 역임. |
| 1965 | 중편 〈소설·알렉산드리아〉를 《세대》에 발표함으로써 문단에 등단. |
| 1966 | 〈매화나무의 인과〉를 《신동아》에 발표. |
| 1968 | 〈마술사〉를 《현대문학》에 발표. 《관부연락선》을 《월간중앙》에 연재(1968. 4.~1970. 3.), 작품집 《마술사》(아폴로사) 간행. |

| 1969 | 〈쥘부채〉를《세대》에, 〈배신의 강〉을《부산일보》에 발표. |
|---|---|
| 1970 | 《망향》을《새농민》에 연재, 장편《여인의 백야》(문음사) 간행. |
| 1971 | 〈패자의 관〉(《정경연구》) 등 중단편을 발표하는 한편, 《화원의 사상》을《국제신보》, 《언제나 은하를》을《주간여성》에 연재. |
| 1972 | 단편 〈변명〉을《문학사상》에, 중편 〈예낭 풍물지〉를《세대》에, 〈목격자〉를《신동아》에 발표. 장편《지리산》을《세대》에 연재. 장편《관부연락선》(신구문화사) 간행. 영문판 〈예낭 풍물지〉, 장편《망각의 화원》간행. |
| 1973 | 수필집《백지의 유혹》(강남출판사) 간행. |
| 1974 | 중편 〈겨울밤〉을《문학사상》에, 〈낙엽〉을《한국문학》에 발표. 작품집《예낭 풍물지》영문판(세대사) 간행. |
| 1976 | 중편 〈여사록〉을《현대문학》에, 단편 〈철학적 살인〉과 중편 〈망명의 늪〉을《한국문학》에 발표. 창작집《철학적 살인》(한국문학), 《망명의 늪》(서음출판사) 간행. |
| 1977 | 중편 〈낙엽〉과 〈망명의 늪〉으로 한국문학작가상과 한국창작문학상 수상. 창작집《삐에로와 국화》(일신서적공사), 수필집 《성-그 빛과 그늘》(서울물결사), 《바람과 구름과 비》(동아일보사) 간행. |
| 1978 | 중편 〈계절은 그때 끝났다〉, 단편 〈추풍사〉를《한국문학》에 발표. 《바람과 구름과 비》를《조선일보》에 연재, 창작집《낙엽》 |

(태창문화사) 간행, 상편 《망향》(경미문화사), 《허상과 장미》(범우사), 《조선일보》에 연재되었던 《미와 진실의 그림자》(대광출판사), 《바람과 구름과 비》(물결출판사) 간행. 수필집 《사랑받는 이브의 초상》(문학예술사), 《허상과 장미》(범우사), 칼럼 《1979년》(세운문화사) 간행.

| 1979 | 장편 《황백의 문》을 《신동아》에 연재, 장편 《여인의 백야》(문음사), 《배신의 강》(범우사), 《허망과 진실》(기린원) 간행, 수필집 《사랑을 위한 독백》(회현사), 《바람소리, 발소리, 목소리》(한진출판사) 간행. |
| --- | --- |
| 1980 | 중편 〈세우지 않은 비명〉, 단편 〈8월의 사상〉을 《한국문학》에 발표. 작품집 《서울의 천국》(태창문화사), 소설 《코스모스 시첩》(어문각), 《행복어사전》(문학사상사) 간행. |
| 1981 | 단편 〈피려다 만 꽃〉을 《소설문학》에, 중편 〈거년의 곡〉을 《월간조선》에, 중편 〈허망의 정열〉을 《한국문학》에 발표. 장편 《풍설》(문음사), 《서울 버마재비》(집현전), 《당신의 성좌》(주우) 간행. |
| 1982 | 단편 〈빈영출〉을 《현대문학》에 발표. 《그해 5월》을 《신동아》에 연재. 작품집 《허망의 정열》(문예출판사), 장편 《무지개 연구》(두레출판사), 《미완의 극》(소설문학사), 《공산주의의 허상과 실상》(신기원사), 수필집 《나 모두 용서하리라》(대덕인쇄사), 《용서합시다》(집현전), 소설 《역성의 풍·화산의 월》(신기원사), 《행복어사전》(문학사상사), 《현대를 살기 위한 사색》(정음사), 《강변 이야 |

기》(국문) 간행.

| 1983 | 중편 〈그 테러리스트를 위한 만사〉를 《한국문학》에, 〈소설 이용구〉와 〈우아한 집념〉을 《문학사상》에, 〈박사상회〉를 《현대문학》에 발표, 작품집 《그 테러리스트를 위한 만사》(홍성사), 고백록 《자아와 세계의 만남》(기린원), 《황백의 문》(동아일보사) 간행. |

| 1984 | 장편 《비창》을 문예출판사에서 간행, 한국펜문학상 수상, 장편 《그해 5월》(기린원), 《황혼》(기린원), 《여로의 끝》(창작문예사) 간행. 《주간조선》에 연재되었던 역사 기행 《길 따라 발 따라》(행림출판사), 번역집 《불모지대》(신원문화사) 간행. |

| 1985 | 장편 《니르바나의 꽃》을 《문학사상》에 연재, 장편 《강물이 내 가슴을 쳐도》와 《꽃의 이름을 물었더니》, 《무지개 사냥》(심지출판사), 《샘》(청한), 수필집 《생각을 가다듬고》(정암), 《지리산》(기린원), 《지오콘다의 미소》(신기원사), 《청사에 얽힌 홍사》(원음사), 《악녀를 위하여》(창작예술사), 《산하》(동아일보사), 《무지개 사냥》(문지사) 간행. |

| 1986 | 〈그들의 향연〉과 〈산무덤〉을 《한국문학》에, 〈어느 익일〉을 《동서문학》에 발표, 《사상의 빛과 그늘》(신기원사) 간행. |

| 1987 | 장편 《소설 일본제국》(문학생활사), 《운명의 덫》(문예출판사), 《니르바나의 꽃》(행림출판사), 《남과 여-에로스 문화사》(원음사), 《남로당》(청계), 《소설 장자》(문학사상사), 《박사상회》(이조 |

출판사),《허와 실의 인간학》(중앙문화사) 간행.

1988  《유성의 부》(서당) 간행, 대하소설《그해 5월》을《신동아》에,
      역사소설《허균》을《사담》에,《그를 버린 여인》을《매일경제신
      문》에, 문화적 자서전《잃어버린 시간을 위한 메모》를《문학정
      신》에 연재,《행복한 이브의 초상》(원음사),《산을 생각한다》(서
      당),《황금의 탑》(기린원) 간행.

1989  《민족과 문학》에《별이 차가운 밤이면》연재. 장편《허균》,《포
      은 정몽주》,《유성의 부》(서당), 장편《내일 없는 그날》(문이당)
      간행.

1990  장편《그를 버린 여인》(서당) 간행,《꽃이 된 여인의 그늘에서》
      (서당),《그대를 위한 종소리》(서당) 간행.

1991  인물 평전《대통령들의 초상》(서당),《달빛 서울》(민족과문학사)
      간행,《삼국지》(금호서관) 간행.

1992  《세우지 않은 비명》(서당) 간행. 4월 3일 오후 4시 지병으로 타
      계. 향년 72세.

1993  《소설 정도전》(큰산),《타인의 숲》(지성과사상) 간행.

2009  《소설·알렉산드리아》(바이북스) 간행.

2009  중편《쥘부채》(바이북스) 간행.

2009  단편집《박사상회ㅣ빈영출》(바이북스) 간행.

| 2010 | 단편집 《변명》(바이북스) 간행. |
| 2010 | 수필 《문학을 위한 변명》(바이북스) 간행. |
| 2011 | 중편 《그 테러리스트를 위한 만사》(바이북스) 간행. |
| 2011 | 단편집 《마술사｜겨울밤》(바이북스) 간행. |
| 2011 | 《소설·알렉산드리아》 중국어 번역본 《小说·亚历山大》(바이북스) 간행. |
| 2012 | 수필 《잃어버린 시간을 위한 문학 기행》(바이북스) 간행. |
| 2012 | 단편집 《패자의 관》(바이북스) 간행. |
| 2012 | 《소설·알렉산드리아》 영어 번역본 《Alexandria》(바이북스) 간행. |
| 2013 | 단편집 《예낭 풍물지》(바이북스) 간행. |
| 2013 | 수필 《스페인 내전의 비극》(바이북스) 간행. |
| 2013 | 단편집 《예낭 풍물지》 영어 번역본 《The Wind and Landscape of Yenang》(바이북스) 간행. |
| 2014 | 소설 《여사록》(바이북스) 간행. |
| 2014 | 수필 《이병주 역사 기행》(바이북스) 간행. |
| 2015 | 소설 《망명의 늪》(바이북스) 간행. |
| 2015 | 수필 《긴 밤을 어떻게 새울까》(바이북스) 간행. |

## 김윤식

서울대학교 국어국문학과와 동 대학원을 졸업했고 1962년 《현대문학》에 〈문학사방법론 서설〉이 추천되어 문단에 발을 들여놓았다. 한국 근대문학에서 근대성의 의미를 실증주의 연구 방법으로 밝히는 데 주력했으며 1920~1930년대의 근대문학과 프롤레타리아문학이 가지는 근대성의 의미를 밝히고자 했다. 1973년 김현과 함께 펴낸 《한국문학사》에서는 기존의 문학사와는 달리 근대문학의 기점을 영·정조 시대까지 소급해 상정함으로써 뜨거운 논쟁을 불러일으키기도 했다. 현대문학신인상, 한국문학작가상, 대한민국문학상, 김환태평론문학상, 팔봉비평문학상, 요산문학상 등을 수상했으며 저서로 《문학사방법론 서설》, 《한국문학사 논고》, 《한국 근대문예비평사 연구》, 《황홀경의 사상》, 《우리 소설을 위한 변명》, 《한국 현대문학비평사론》 등이 있다.

## 김종회

김종회는 경남 고성에서 태어나 경희대학교 국어국문학과를 졸업하고 동 대학원에서 문학박사 학위를 받았으며 현재 경희대학교 국어국문학과 교수로 재직 중이다. 1988년 《문학사상》을 통해 문학평론가로 문단에 나온 이래 활발한 비평 활동을 해왔으며 《문학사상》, 《문학수첩》, 《21세기문학》, 《한국문학평론》 등 여러 문예지의 편집위원을 맡아 왔다. 현재 한국문학평론가협회 및 한국비평문학회 회장이다. 김환태평론문학상, 김달진문학상, 편운문학상, 유심작품상 등을 수상했으며 평론집으로 《문학과 예술혼》, 《디아스포라를 넘어서》, 《문학에서 세상을 만나다》, 《문학의 거울과 저울》 등이 있고 《한국소설의 낙원의식 연구》, 《한민족 디아스포라 문학》등의 저서와 《글에서 삶을 배우다》 등의 산문집이 있다.